U0075829

白海豹

The White Seal

魯迪亞德・吉卜林　著

【編者薦言】

白海豹，黑溜溜的大眼睛

劉宇青

冰天雪地裏，一隻小海豹以其族類特有的姿態側躺著，黑溜溜的大眼像是瞭望著遠方，看不出太多表情。在牠身後，斷肢殘骸散落一地，刺眼的紅，在白色大地上觸目驚心……

這是美聯社記者在二〇〇四年三月所拍攝的照片。難以想像，這種景況年年發生且愈演愈烈，人類爲了利益及虛榮而大肆獵殺海豹，奪取皮毛。加拿大政府公然宣布每年的海豹獵殺配額，在二〇〇六年獵殺了三十三點五萬頭海豹，創歷來新高。

每年春季，正是海豹皮毛長得最豐美的時節。海豹獵人手持棍棒，以最快的速度狠狠地向海豹的頭打去，海豹應聲倒地，接著，是一片血淋淋的剝皮地獄。

「十分鐘以後，小考梯克再也認不出他的伙伴們了，因為從鼻子到後肢，他們的皮都被剝了下來——扔在地上堆成了一堆。」

海豹們有沒有可能逃離地獄？或牠們有沒有想過可能選擇別種生活？我們不得而知。然而，諾貝爾文學獎得主、英國著名文豪魯迪亞德・吉卜林願意去設想一個故事，一隻奇特白海豹的故事。

考梯克是隻白海豹，除了還未長大的小海豹外，擁有一身純白皮毛的海豹是前所未有的。而考梯克的獨特並不單止於皮毛，當牠的伙伴傻傻地像乖巧的羊群般被海豹獵人趕向屠場時，只有考梯克發出了疑問，在沒有同伴能回答牠的問題後，考梯克說：「**我要跟過去瞧瞧！**」於是，牠成爲唯一不因被驅趕而前進的海豹。

親眼見到剝皮慘狀的考梯克久久不能釋懷，牠想，海豹們是否能到一處沒有人類的地方去呢？只要沒有人類，就不會有這些恐怖的事發生了。但是，要找一處人類尚未染指又適合海豹居住的地方，委實難上加難，因此，沒有一個同伴支持牠的想法，就連考梯克媽媽都說：「**你無法制止屠殺。去海裏玩吧，考梯克。**」

如果考梯克聽從這些既無奈又無用的勸說，那麼牠就不是考梯克了，牠仍然四處去尋找那萬分之一的可能。牠花費好幾年的時間，游了好幾千英里，到海中各個島嶼考察，終於，在牠幾乎要放棄希望時，牠找著了牠心目中的島嶼。

故事到此並未結束，因爲愚昧的海豹們並不願輕易離開牠們固有的棲息地。於是，從未因爭奪地盤而與別的海豹戰鬥的考梯克，不得不與冥頑不靈的同伴們搏鬥一場，半強迫地要求同伴們與牠前往安全的棲地。

遷移到美好島嶼的海豹們開始過著幸福美滿的日子，人類從來沒有來過，血腥的場景也不再發生。只是，我們知道，白海豹考梯克的故事到目前爲止，終究只是個理想化的故事。

本書共由七篇故事組成，每一篇都給與人不同的感動，〈白海豹〉為其中一篇

【譯者薦言】

從動物讀人性

魯迪亞德・吉卜林（Rudyard Kipling, 1865～1936）是英國著名的小說家和詩人。他以「卓越的觀察能力、新穎的想像、雄渾的思想和傑出的敘事才能」榮獲了諾貝爾文學獎，是第一位獲此殊榮的英國作家。

自幼受藝術薰陶

吉卜林出生於印度孟買，他的父親在那裏的一所藝術學院教書。童年的吉卜林有自己的印度僕人，享受著充分的自由，他自幼就受到了印度文化的薰陶，熱愛上了古老的印度。六歲那年，他被送回英國上學，由一位非常嚴厲的女士負責照料，她的嚴厲對吉卜林來說無疑是難以忍受的。幸而，他可以經常去看望姨父波恩・瓊斯（Burned Jones）。波恩瓊斯家裏經常聚集著一些頗有天才的拉斐爾前畫派（Pre-Raphaelite）的藝術家，耳濡目染之下，吉卜林深受影響，繼承了該畫派以自然爲對象和精確入微地描畫細節的特點。一八七八年，吉卜林進入德文郡的聯合服務學院學習，那是一所私立學校，在那裏，吉卜林很快嶄露頭角，成了學校雜誌的主要撰稿人。校長是波恩・瓊斯的好朋友，又非常賞識他的才華，讓他隨意使用自己的私人圖書館。他能毫不費力地閱讀法文書籍，並且漸漸喜歡上了一些美國作家。中學畢業後，父親無力送他進大學深造，吉卜林於一八八二年回到印度，當了拉合爾市《軍民報》的記者。記者生涯使他看到了英國殖民統治鼎盛時期印度各階層的生活，給他一系列詩歌和短篇小說的創作提供了素材，這些作品很快就爲他贏來了聲譽。記者的職業還使他養成了文筆簡練準確的好習慣，這使他在以後的創作中受益非淺。

一八八九年，吉卜林取道日本與美國回到英國，在途中邂逅了美國人威爾考特・巴勒斯蒂爾，並於一八九二年和他的姊姊卡羅琳・巴勒蒂梯爾結良緣，婚後暫時在美國的弗蒙特定居，本書及其續編就是他在弗蒙特期間寫下的。一八九九年爆發並持續到一九〇二年的布爾戰爭引起了反對帝國主義的浪潮，而吉卜林卻支持政府的擴張政策，這大大降低了他的聲譽，此後他也一直被看作一個帝國主義者，只是在許多年以後，人們才又重新開始認識他的才華。因爲政治上的原因，十九世紀末，二十世紀初，吉卜林致力於創作文學作品，這一時期寫下本書及其續編（The Jungle Books），《如此如此故事集》（Just So Stories），《普克山的帕克》（Puck of the Pook's Hill），《獎賞和仙女》（Reward and Fairies）等，都是文學經典之

作。

一九〇二年，吉卜林在英國蘇塞克斯郡買下一所房子定居。第一次世界大戰期間，吉卜林以飽滿的愛國熱情進行寫作，不過他這一時期的作品比年輕時的筆調嚴肅了許多。他主動把唯一的兒子送進軍隊。一九一五年，兒子失蹤，從此音信全無，這給吉卜林很大的打擊。他的晚年倍受喪子之痛和疾病的折磨，作品中充滿了涉及到戰爭創傷、變態心理等內容。

一九三六年吉卜林病逝。

短篇小說緊扣人心

吉卜林一生著作頗豐，共創作出版了八部詩集，四本長篇小說和二十一部短篇小說集和歷史故事集，還創作了大量散文、雜感、隨筆、遊記、回憶錄等。本書是一本短篇小說集，其中匯集了七個故事，多以叢林海洋爲背景。〈莫格立的兄弟們〉、〈大蟒行獵記〉和〈老虎的末路〉是講狼孩莫格立的故事。人的孩子被狼群收留了，在叢林裏長大，他的生活是什麼樣的？他有什麼煩惱？他還會不會覺得快樂？這三個故事能給我們答案。你見過白色的海豹嗎？〈白海豹〉考梯克也許會是你認識的最勇敢、最堅強的海豹，是他把同伴們從被人類屠殺的命運裏拯救了出來。〈小獴勇鬥眼鏡蛇〉是機智的瑞基—提基—塔維的故事，別看他個子小，他卻是泰德一家忠誠盡職的守衛者。〈馴象師吐瑪依〉則向我們描述了人類從來也沒有見過的場面——深山裏群象的舞蹈。〈女王陛下的僕人〉借軍營裏各種動物之口，告訴我們在戰鬥中牠們各自的職責。這些故事情節緊湊、視角獨特、想像豐富，讀後能會受到很大的啓迪。

吉卜林是借想像中的動物世界，表達了他自己理想中的社會秩序，謳歌了真善美，貶斥了假惡醜。他告訴我們，即使是在莽莽蒼蒼的叢林裏，也存在著一套嚴格的法則：不管是誰到了一個新的狩獵圈，必須先得到那裏居民的許可才能捕食，而且必須只是爲了塡飽肚子，而不是爲了好玩；除非是在教孩子怎樣捕殺，任何動物都不得殺人，即使殺人也不得在牠日常居住的地方，以免遭到人類的報復；狼崽獨立捕殺第一頭獵物之前，狼群裏任何一隻成年狼都不許傷害牠，否則會受到死的懲罰……只有遵守了這些法則的規定，叢林裏才能有和平，動物們才能正常繁衍。這些嚴格的法則實際上表示了吉卜林對法制社會的嚮往，反映了他的倫理觀和道德觀。

同樣的，吉卜林在這些故事裏表達了強烈的自由的願望，同時又歌頌了恪盡職守的美德。大象卡拉·那格就是因爲作戰勇敢才得到了大家的鍾愛，被稱作「象群裏的珍珠」；也正因爲女王陛下的軍隊裏，連動物都懂得像人一樣地服從命令，她才能統治那麼大的帝國。

吉卜林還描寫了動物之間互助友愛的溫情，描寫了牠們的尊嚴、牠們的憂傷和牠們的歡樂……從他筆下栩栩如生的動物世界裏，我們能讀到很多有趣的故事，更能讀出很多哲理。

吉卜林以短篇小說見長，他同時還是一個詩人，本書的每個故事都附了兩首以上的詩。這些詩或短小精悍或洋洋灑灑，是各故事的有機組成部分，有助於我們更好地理解故事情節，更好地理解主要「人物」的性格。

從思想的深刻性和反映生活的廣泛性來說，本書體現了作者的價值體系和藝術特色，散發著無窮的魅力！

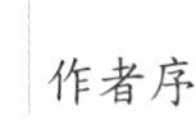

【作者序】

故事的起源

魯迪亞德・吉卜林

寫這種性質的書，要求專家們一定要不吝賜教，因此編者如果不願盡最大的可能表達他的謝意的話，他就太對不住他受到的慷慨照顧了。

他首先應該感謝知識淵博、成就非凡的巴哈杜爾・沙漢（Bahadur Shah），印度注冊簿上的一七四號行李象，他和他那和藹可親的姊姊布德米尼（Pudmini）一起熱情地提供了〈馴象師吐瑪依〉的歷史情況以及〈女王陛下的僕人〉裏的大多數信息。莫格立的冒險故事是從很多地方的很多知情者那裏多次收集而來，這其中的大多數人絕對不願意洩露真名。然而，距離如此遙遠，編者便自作主張，向一位住在老岩的印度紳士謹表謝意，他是賈考（Jakko）上坡一位德高望重的要人，感謝他對他的種姓階級長老的民族個性所作的令人信服的估價，也許有些話他說得刻薄了一些。撒西（Sahi）是一位學問深厚、勤勉治學的學者，新近散伙的西昂尼狼群（Seeonee Pack）的一名成員，以及印度南部地方集市上的一位有名的藝術家，他和主人一起表演的套嘴舞吸引了那裏的年輕人、漂亮女孩和很多的村民，他奉獻了很多關於人類、禮節、風俗的有價值信息。這些都隨意地寫在了〈老虎的末路〉、〈大蟒行獵記〉和〈莫格立的兄弟們〉這幾篇故事裏。說到〈小獴勇鬥眼鏡蛇〉這篇故事的綱要，編者得感謝上印度的一位權威爬行動物學家，他是一位無畏的獨立探險家，決心「要探求知識而非苟延殘喘」，最近在對東部毒蛇過分投入的研究中，獻出了生命。有一次編者碰巧乘印度王后（Empress of India）號客輪旅行，給了同行的一位旅客一點微不足道的幫助。他的這點幫助得到了多麼豐富的回報，讀過〈白海豹〉的人可以自己判斷。

Contents

十分鐘後，小考梯克再也認不出他的伙伴們了，因為從鼻子到後肢，他們的皮都被剝了下來——扔在地上堆成了一堆。考梯克再也不敢往下看了。他轉過身，向海邊飛奔而去。

Contents

叢林的門對我關上了，我必須忘了你們的話和友情。雖然我與你們血緣不同，卻親如兄弟，我許諾如果我和人生活在一起作人，我決不像你們出賣我那樣把你們出賣給人。

巨蟒卡阿轉動著身體畫了一個大圈又一個大圈，蛇頭不停地在中央晃來晃去。他的身體開始不斷地變幻形狀，由圓圈變成8字形，柔軟的三角形、螺旋形……一刻不停……

老虎西里汗聽到他們雷鳴般的腳步聲，爬起身來往河溝下游跑。可是他的肚裏裝滿了食物，笨重不堪。只要能不打仗，他什麼都願意幹。

Contents

第一章　白海豹

過了一會兒，來了十到十二個人，每個人都拿著三、四尺長包鐵的棍子。一個人說了聲：「開始吧！」他們就以最快的速度用棍子狠狠地向海豹的頭打去。

十分鐘以後，小考梯克再也認不出他的伙伴們了，因為從鼻子到後肢，他們的皮都被剝了下來——扔在地上堆成了一堆。

哦！小聲點，我的寶貝，黑夜就在我們身後，
黑水濺起了綠花。
捲浪上的月亮低頭望著我們，
在沙沙作響的洞裏歇息，
洶湧的波浪，是你柔軟的枕頭，
啊！小鰭乏了，就輕輕地蜷起來！
風暴不會驚醒你，鯊魚不會襲擊你，
在緩緩搖蕩的大海懷抱裏安睡。

——海豹搖籃曲

所有這些事都發生在白令海峽深處聖保羅島的一個叫作諾瓦斯陶希那或是東北點的地方，都是幾年前的事了。冬鶴鶉利莫欣被吹到一艘駛往日本的輪船的索具上，我把他拿進了我的艙裏，暖了暖他的身子，餵了幾天後，他身體康復了，能夠飛回聖保羅島。這期間他給我講了這個故事。利莫欣是隻非常奇怪的小鳥，但是他知道如何講真話。

除了公務，沒有人會去諾瓦斯陶希那，只有海豹會定期去那兒。夏天有數十萬隻海豹從

寒冷的灰色海洋來到這裏，因爲對於海豹來說，諾瓦斯陶希那的海灘是世界上最好的棲息地。

海洋鬥士也了解這情況，春天一到，不管他在什麼地方，都會像一艘魚雷艇一樣高速游向諾瓦斯陶希那，之後的一個月裏，就和同伴們爲占領岩石上的一塊好地方而戰鬥，離海邊愈近戰鬥愈激烈。海洋鬥士是一隻十五歲的海豹，身軀碩大，毛皮發灰，鬃毛幾乎披肩，長著又長又凶的狗牙，前肢用力舉起的時候，有四英尺多高，如果有誰膽敢去稱他的話，可以發現他重約七百磅。凶殘的戰鬥給他留下了渾身傷疤，但他總是準備著再一次投入戰鬥。他總是側著頭，好像不敢正視敵人；然後閃電般地出擊，利齒牢牢咬在對手的脖子上。那隻海豹也許想盡力逃走，但是海洋鬥士是絕不會給他這個機會的。

不過海洋鬥士從不追殺受傷落敗的海豹，因爲這違背海灘法則。他只想擁有海邊的一席之地來撫育孩子，但是每年春天有四五萬隻海豹在爭奪同一樣東西，因此，海灘上的嘯聲、吼聲、咆哮聲和喘息聲聽起來就異常可怕。

從一座名叫哈金森的小山上，你可以看到三英里半長的一段地帶上到處是廝殺的海豹；驚濤駭浪中滿是海豹的頭，他們急著登陸準備戰鬥。他們在碎浪中搏鬥，他們在沙灘上廝殺，他們在磨平的玄武岩上作戰爭奪養育場。他們就像人一樣蠢笨，互相排擠。他們的妻子五月底或六月初才到島上，因爲她們可不想被撕成碎片。那些兩到四歲，還沒有成家立業的

小海豹們則穿過廝殺的海豹群，來到離海邊半英里的陸地上成群成堆地在沙丘上玩耍，蹭光了那裏生長的每一點綠色。他們被稱作霍魯斯奇基——單身漢——單在諾瓦斯陶希那估計就有二、三十萬隻。

一年春天，海洋鬥士打完第四十五次戰鬥，瑪特卡，他那身體柔嫩、豐滿、雙眸溫順的妻子，從海裏游了出來。他揪著她脖子上的肉把她放在他的地盤上，粗聲說道：「又像以前一樣來晚了，你們去哪兒啦？」

待在海灘的這四個月裏海洋鬥士習慣上不吃東西，所以他的脾氣通常挺壞。瑪特卡很清楚這一點，也就沒有回答海洋鬥士的問話。她四下看了看，溫柔地細語道：「你真體貼人，又占到了老地方。」

「我想是的，」海洋鬥士說，「你瞧我這樣子！」

他身上有二十處被抓傷，流著血，一隻眼睛幾乎都瞎了，身體兩側被撕成了碎條。

「哦，你們這些男人，你們這些男人！」瑪特卡邊說邊擺了擺後肢。「你們爲什麼不能理智一些，心平氣和地把地盤分好呢？你看上去就像一直在和虎鯨戰鬥似的。」

「從五月中旬開始，除了戰鬥我別的什麼都沒幹。這個季節海灘上擠得讓人無法忍受。我至少碰到一百隻從盧坎農海灘來搶地盤的海豹。爲什麼人們不能待在他們自己的地方呢？」

「我常想如果我們去奧特島，而不是擠在這裏，應該可以活得更快樂些。」瑪特卡說。

「呸！只有單身漢才去奧特島。如果我們去那兒，他們會說我是膽小鬼。親愛的，我們必須維持自己的身分。」

海洋鬥士自豪地把頭沉在他肥胖的兩肩之間，假裝睡了幾分鐘，但他時刻高度警惕準備戰鬥。現在所有的海豹和他們的妻子都上了岸，他們的喧鬧聲壓過了最響的海風聲，在海上好多里外都聽得清。海灘上至少有一百萬隻海豹——有老海豹、海豹媽媽、小海豹、還有那些單身漢們。他們時而激戰、毆鬥，時而哀叫、爬行，或是一起玩耍——成幫成群地一起下海又一起上岸，極目望去，遍地躺滿了海豹，朦朦的霧中，四下裏總在爆發著規模不等的衝突。諾瓦斯陶希那幾乎總是有霧，除非是出太陽的時候，霧會退去一小會兒，這時萬物如同被珍珠和彩虹裝點了一般。

瑪特卡的孩子考梯克就在這種混亂中出生，各個部位都十分出色，長著小海豹特有的淡淡的水藍色的眼睛；但是他的皮毛有些不同尋常之處，引得他母親睜大了眼睛緊盯著他看。

「海洋鬥士，」最後她說，「我們的孩子以後會是隻白海豹。」

「還空蛤蜊殼和乾海草呢！」海洋鬥士哼了一聲。「我還從沒聽說過世界上有什麼白海豹。」

「我也沒辦法，」瑪特卡說：「馬上就會有了。」接著她輕聲唱起了委婉動聽的海豹之歌，所有的海豹媽媽們都向小海豹唱這支歌：

六歲前你千萬不能游泳，
否則小鰭浮起，頭會嗆水；
夏天的狂風和虎鯨，
是小海豹的敵人。
是小海豹的敵人，可愛的小傢伙，
說多糟就有多糟；
不過去跳水吧，長得強壯起來，
不會錯的，
公海的孩子！

當然小傢伙起初並不理解歌詞的意思。他在母親身邊淌水，到處爬行。他父親和別的海豹搏鬥，在濕滑的岩石上上下翻滾吼叫的時候，他學會了掙扎著逃到一邊去。瑪特卡去海裏找吃的，兩天只餵孩子一次；不過這會兒他就盡其所能大吃一頓，就這麼茁壯地成長了起來。

他做的第一件事就是爬向內陸，在那兒他碰到了上萬隻和他同齡的小海豹。他們像小狗般一起玩耍，在潔淨的沙灘上睡覺，醒後又一起嬉鬧。老海豹對他們毫不在意，單身漢只是待在自己的地盤上，小海豹們度過了一段美好的時光。

從深海捕食回來，瑪特卡逕自來到了小海豹們的樂園，她像羊媽媽叫小羊羔一樣呼喚考梯克，直到聽見他的叫聲。然後她會沿最直的路線向考梯克的方向衝去，揮動前肢把小海豹們撞得上下左右跌成一團。在小海豹的樂園裏，總有百來隻海豹媽媽穿梭其間，找她們的孩子逗樂；不過就像瑪特卡給考梯克所說的那樣：「只要你不待在泥漿裏染上疥癬，把硬沙擦入傷口或是撓傷口，只要你不在海上波濤洶湧的時候下海，這兒就沒什麼東西傷害你。」

小海豹和小孩一樣不會游泳，但是他們不學游泳就不會快樂。考梯克第一次下海時一陣海浪把他捲到了水深處，就像他母親在歌中唱給他的一樣，他那碩大的頭沉到了水下，小小的後肢卻浮了起來，如果不是下一波浪把他拋了回去，他可能已經給淹死了。

從那以後，他學會了躺在海灘邊的水池裏，讓沖上海灘的浪正好蓋過身體，拍水時剛好讓他浮起，但他總是注意提防可能會傷著他的大浪。他用兩週的時間學會了用他的前後肢划水；在那段時間裏，他一直在水裏掙扎，一會兒咳個不停，一會兒咕咕噥噥爬上岸在海灘上小睡片刻，又爬回海裏，最後他終於發現自己真正地屬於大海了。

那麼你就可以想像他和同伴們歡度的美好時光了：在浪底潛泳；或是浮在捲浪上，乘著向海灘撲去的大浪順便登陸，聽著那拍水的聲響，看著水花濺起一片；或是用尾巴撐起身體像老人一樣撓撓頭；或者在剛從海浪中露出的濕滑且長滿海草的岩石上玩「我是城堡之王」的遊戲。他不時可以看見一片薄鰭，就像一隻大鯊魚的鰭，在海岸附近游弋。他知道那是虎鯨，一有機會就吃年輕的海豹；於是考梯克就會像箭一樣游向海灘，那薄鰭則忽上忽下，緩緩地消失了，好像他根本沒在找什麼似的。

十月下旬的時候，一家家一群群海豹開始離開聖保羅島，向深海前進。爭奪地盤的戰鬥不復存在，單身漢們可以在他們喜歡的任何地方嬉戲。「明年，」瑪特卡對考梯克說，「你就要成為單身漢了，今年你必須學會捕魚。」

他們一起出發穿越太平洋。瑪特卡教考梯克怎樣用身體把前後肢收在下面，這樣就可以躺在水面上睡覺，小鼻子正好浮出水面。任何搖籃都比不上太平洋悠長、晃蕩的波浪舒適。考梯克感到皮膚刺痛的時候，瑪特卡告訴他他正在獲得「水感」。那種針刺般的痛感意味著惡劣天氣就要來臨，他必須奮力游走。

「過一會兒，」她說，「你就知道朝哪兒游了，不過，現在我們要跟著海豬（即海豚），他很聰明。」一群海豚正在這片水域潛行穿梭，小考梯克盡力緊跟著。「你們怎麼知道朝哪兒游？」他喘著氣問道。海豚的領頭翻了一下白眼，又潛了下去。「年輕人，尾巴一痛，」他說：「就意味著後面有大風。跟著我！在稠水（他指的是赤道）以南，尾巴疼痛就說明你的前方有大風，你必須向北游。跟緊我！這片水域情況不妙。」

這便是考梯克學到的許多東西之一，他一直在學習。瑪特卡教他如何沿著海底的岸邊追尋鱈魚和比目魚，如何在海草堆裏把三鬚鱈趕出洞口；如何躲過躺在水下一百噚的殘骸，學會像魚一樣以子彈般的速度衝入衝出舷窗；天上電閃雷鳴的時候如何在浪尖起舞，如何禮貌地揮動前肢向隨風飛翔的戰鷹和粗尾信天翁致意；如何像海豚一樣，併著四肢，捲起尾巴，躍出水面三、四英尺；把飛魚撇在一邊，因爲他們只有一把骨頭；在水深十噚處高速抽出鱈魚的肩胛；永遠不能停下看舟或船，尤其是划艇。六個月之後，考梯克對於深海捕魚該掌握的東西都已掌握了，這段時間之內，他從沒上過沒水的陸地。

可是有一天，他半睡半醒地躺在居安・費爾南德斯島附近的溫水裏，開始感到渾身困乏無力，就像春天到了，人就感到乏力一樣。他想起了七千英里外美麗的諾瓦斯陶希那海灘，想起了他和伙伴玩的遊戲，想起了海草味，海豹的吼聲和戰鬥。想到這兒，他立即向北方游去。路上他碰到了幾十位同伴，都游向同一個地方，他們說：「歡迎，考梯克！今年我們都是單身漢了，我們可以在盧坎農的碎浪裏跳『火舞』，可以在新草上嬉耍。可是你從哪兒弄來了這身外套？」

考梯克的皮毛現在幾乎是純白的了，儘管他為此感到驕傲，他只是回答說：「快點游！我急著上岸去。」不久他們都來到了生養他們的海灘，聽見了他們的父親在滾滾濃霧中的搏鬥聲。

那天晚上，考梯克和一歲的海豹們跳起了火舞。夏日的夜晚，諾瓦斯陶希那到盧坎農的海面上火光通明，每隻海豹身後都留下了燃油般的尾流，躍起的時候就像閃耀的火焰，波浪化成了泛著磷光的條紋和漩渦。然後他們上了岸，來到單身漢的大本營，在新出苗的野麥上滾上滾下，講述他們在大海的經歷。他們談著太平洋，就像小孩們談論他們採堅果的樹林。如果有人能理解，他可能會跑開去畫張前所未見的海圖。三、四歲的單身漢們蹦蹦跳跳地下了哈金森山，叫嚷道：「讓開，年輕人！海很深，你們還不了解它。等你們繞過合恩角就差不多了。嗨，你這個一歲的小傢伙，你從哪兒弄來了這麼一件外套。」

「不是弄來的，」考梯克說，「是長出來的。」他正想去把問話者撞翻的時候，兩個黑髮紅面大餅臉的男人從一堆沙丘後面走了過來，考梯克以前從沒見過人，咳了一聲，把頭低了下來。那個單身漢急忙跑到幾碼開外，坐在那兒傻乎乎地看著來人。這兩人就是島上海豹獵手的首領凱里克．布特林和他的兒子帕塔拉蒙。他們來自離海豹棲息地不到半英里的小村子，正琢磨著要把哪些海豹趕到屠宰欄去（趕海豹就像趕羊一樣），以後再剝下他們的皮做成海豹皮夾克。

「哦！」帕塔拉蒙說，「看！這裏有隻白海豹。」

凱里克·布特林滿是油煙的臉幾乎刷地一下就白了，他是阿留申人，他們一向不講究個人衛生。他小聲地祈禱，「別碰他，帕塔拉蒙。我生下來到現在還從沒見過白海豹。他可能是老扎哈羅夫的鬼魂，去年他在一場大風暴中失蹤了。」

「我不想靠近他，」帕塔拉蒙說，「他很背運。你真的認爲他是老扎哈羅夫轉世嗎？我還欠他一些海鷗蛋呢。」

「別看他，」凱里克說，「去趕那群四歲的海豹。今天得剝掉兩百張海豹皮，不過季節才剛開始，他們還不熟悉這活兒。能剝一百張就可以了。快去！」

帕塔拉蒙在一群單身漢前，把一副海豹肩胛骨敲得格格作響，海豹們呆呆地停了下來，喘著粗氣。接著帕塔拉蒙又向前進了幾步，海豹們開始移動，凱里克就把他們向內陸趕，他們卻從不試圖回到同伴身邊去，幾十萬隻海豹眼睁睁地看著他們被趕走，卻繼續照舊玩耍。考梯克是唯一一個就此事提問的海豹，但是沒有哪個同伴能回答他什麼，只是說人每年總有六週或兩個月這樣趕海豹。

「我要跟過去瞧瞧！」他說，拖著腳跟在海豹群後面，眼睛幾乎蹦出了腦門。

「那隻白海豹跟著我們，」帕塔拉蒙喊了一聲，「一隻海豹獨自去屠場倒還是第一次。」

「噓！別向後看，」凱里克說，「他是扎哈羅夫的鬼魂！我得跟牧師說說這事。」

到屠場的距離只有半英里，但是路上花了一個小時，因爲凱里克知道，如果海豹走得太快，就會發熱，剝皮的時候就會碎成一塊一塊的。所以他們走得很慢，過了海獅隘，韋伯斯特屋，最後來到了鹽屋，正好在海灘上海豹的視野之外。考梯克跟在後面，喘著氣，卻想不出個所以然來。他覺得他到了世界的盡頭，但是身後的喧囂聲簡直就如同火車穿越隧道的轟鳴聲一樣震耳欲聾。凱里克坐在了苔蘚上，掏出一只沉重的白色手錶，讓這群海豹涼了三十分鐘，這時考梯克都聽到了霧水從凱里克帽沿上滴落下來的聲音。過了一會兒，來了十到十二個人，每個人都拿著三、四尺長包鐵的棍子。凱里克指了指其中一兩隻被同伴咬傷或是身體太熱的海豹，那些人就用穿著沉重的大靴子的腳把他們踢到一邊去，靴子是用海象喉嚨附近的皮製成的。然後凱里克說了聲：「開始吧！」他們就以最快的速度用棍子狠狠地向海豹的頭打去。

十分鐘以後，小考梯克再也認不出他的伙伴們了，因爲從鼻子到後肢，他們的皮都被剝了下來——扔在地上堆成了一堆。

考梯克再也不敢往下看了。他轉過身，向海邊飛奔而去（海豹能高速奔跑一小會兒），新長出的鬍鬚由於恐懼都豎了起來。在海獅隘，龐大的海獅坐在拍岸的浪邊上，考梯克一頭扎進了涼水裏，在那裏顫抖，痛苦地喘著粗氣。「怎麼啦？」一頭海獅口氣生硬地問道；因爲照規矩海獅是不和其他動物打交道的。

「斯庫奇尼！奧誠斯庫奇尼！（我孤零零一人！真孤單啊！）」考梯克說，「他們要殺掉海灘上所有的單身漢。」

海獅把頭轉向岸邊。「胡說！」他說，「你的朋友們和以前一樣吵聲震天。你肯定是看到老凱里克幹光了一群海豹。他已經這樣幹了三十年了。」

「太可怕了！」考梯克說，這時一個浪當頭打過，他急轉了個彎，四肢猛地划水穩定了身體，依舊站在離參差不齊的岩石邊三英寸內的地方。

「一歲就游成這樣，真是不賴！」海獅說道，他能夠欣賞好的游水技術。「我想從你的角度看，這事是很彆扭；但是如果海豹年復一年總是來這兒，人當然會知道的，除非你們能找到一個從來沒人去過的島嶼，否則你們無法擺脫被驅趕屠殺的命運。」

「難道沒有這樣的島嗎？」考梯克說。

「我跟著大比目魚已經有二十年了，但我還不能說我已經發現了這樣的島。不過這樣

——你好像喜歡和比你高明的人交談；那麼你去沃爾勒斯島和海象西維奇談談。他可能了解一些情況。別這麼急著走，到那兒要游六英里。我要是你，我會上岸睡一會兒再走，小傢伙。」

考梯克覺得這是個好建議，就游回了自己的海灘，爬上岸，睡了半小時，醒來的時候習慣地渾身抖了幾下，然後他逕自游向沃爾勒斯島，那是個在諾瓦斯陶希那正東北方向的一座低矮的石島，島上滿是岩礁和海鷗巢，只有海象住那裏。

他在老海象的身邊登了陸——這頭脖肥牙長的北太平洋海象身軀碩大，相貌醜陋，渾身長滿了疙瘩，十分臃腫，他根本不講禮貌，除非他睡著的時候沒了知覺——這會兒他的後肢有一半浸在浪裏。

「醒醒！」海鷗發出的噪聲很大，考梯克只好大吼了一聲。

「哈！哼！什麼東西？」海象西維奇問，用牙打了一下身邊的海象，弄醒了他，這隻海象又打了他旁邊的海象，就這麼打下去，最後他們都醒了，向各個方向張望，卻獨獨不向右看。

「咳！是我。」考梯克說，在碎浪裏跳上跳下，看起來就像一隻小白蛞蝓。

「啊！你還不如——剝了我的皮！」西維奇說，他們都看著考梯克，這情景就像在一個滿是睏倦老人的俱樂部，大伙兒都盯著一個小男孩。這時候考梯克已經不在乎再聽到剝皮了；他已經看夠了；所以他喊道：「有沒有一個沒人的地方，可以讓海豹去呢？」

「找去吧，」西維奇說，閉上了雙眼。「快走，我們在這兒忙著呢！」

考梯克像海豚一般跳在半空，鼓足了勁喊道：「吃蛤蜊的！吃蛤蜊的！」他知道海象儘管總是裝得很可怕，卻從來不吃魚，總是找蛤蜊和海草吃。考梯克這麼一喊，自然也招致了北極鷗、三趾鷗和角嘴海雀們的加盟，他們一直在找機會想粗野一把——利莫欣就是這麼給我說的——大概有五分鐘的時間裏，海象島即使有槍響也聽不見。島上所有的居民都在尖叫：「吃蛤蜊的！斯塔里克！(老人)」西維奇輾轉反側不停地咳嗽、咕噥。

「現在你能告訴我嗎？」考梯克上氣不接下氣地問道。

「去問海牛吧，」西維奇說。「如果他還活著，他能給你提供一些線索。」

「如果我碰見他，怎麼才能認出來？」考梯克換了個角度問道。

「他是海上僅有的比西維奇還醜的動物，」——一隻在西維奇鼻子下盤旋的北極鷗尖聲喊道。「他更醜，禮貌更差勁！是個老傢伙！」

考梯克游回了諾瓦斯陶希那，把海鷗的尖叫聲拋在了身後。他發現自己想爲海豹找個安靜處所的努力竟然沒有得到任何人的一點同情。他們都說人一直在趕單身漢海豹——那是白天的部分工作——一併說如果他不想看到醜陋的東西，就不該去屠場。但是別的海豹並沒見過屠殺，這就是他和他的朋友們的區別。另外別忘了考梯克是隻白海豹。

「你該做的是長大起來，」老海洋鬥士聽了兒子的歷險後對他說，「長成個像你父親一樣的大海豹，在海灘上占有一席之地，這樣他們就不會趕你了。再過五年，你自己得能搏鬥。」甚至他那溫柔的母親瑪特卡也說：「你無法制止屠殺。去海裏玩吧，考梯克。」考梯克只好懷著一顆沉重的小心靈去海裏跳火舞。

那年秋天，因爲頭腦裏有個頑固的想法，他早早地獨自離開了海灘。如果海裏真有海牛，他要去找到他，他還要去找個安靜的島嶼，一個有堅硬舒適的海灘，並且沒人去的島嶼。他獨自從北太平洋一直找到南太平洋，一天一夜就游三百來英里。他經歷的危險簡直說不完，多次從姥鯊、斑鯊和槌頭雙髻鯊的口邊逃生，遇見了形形色色、蕩來蕩去的各種不值得信賴的惡棍，還有禮貌魚以及紅點扇貝，他們棲居一處長達幾百年，感到非常自豪；但是他從未遇見海牛，也從沒找到想找的島嶼。

如果海灘堅實舒服，後面又有斜坡供海豹玩耍，海面上就總有捕鯨船在冒煙熬鯨脂，考梯克知道這是怎麼回事。要嘛他就發現海豹上島一次就被殺了個精光，考梯克還清楚人只要上過島一次，就一定會再來的。

他結識了一隻粗尾老信天翁，得知克爾格倫島是個安靜和平的地方，可是到了那兒他靠在險惡的黑崖上，幾乎被一陣電閃雷鳴夾著雨雪的大風暴給拍成了碎片。頂著大風爬出來的時候，他發現這兒也曾經有海豹來過。他去過的所有其他島嶼也都是這種情況。

利莫欣給我看了一個長長的單子，列滿了島嶼的名稱，他說考梯克花了五年找地方，每年只有四個月在諾瓦斯陶希那休息，這段時間還要聽單身漢們取笑他和他夢想中的島嶼。他去了赤道邊上的加拉帕戈斯群島，那裏乾得要命，他險些被高溫烤死；他還去了喬治亞島、南奧克尼群島、綠寶石島、小夜鶯島、戈夫島、布韋島和克羅塞特群島，甚至還去了好望角南端一個巴掌大的小島。但是不管走到哪裏，海裏的動物講的都是同樣的話。海豹們以前去過那些島嶼，但是都被人殺光了。他甚至游出太平洋幾千英里，到了一個叫克里恩茨角的地方（**他從戈夫島回來的路上去了那兒**），發現岩石上有百來隻染了疥癬的海豹，他們告訴他，人類也來過這裏。

這幾乎令他心碎，他繞過合恩角回到了自己的海灘；向北前進的途中，他上了一個滿眼都是綠樹的島嶼，在那裏遇見一隻即將死去的很老的海豹，考梯克為他抓了魚，傾訴了自己的滿腔愁苦。「現在，」考梯克說道，「我要回諾瓦斯陶希那了，如果我和單身漢一起被趕去屠場，我也不在乎了。」

老海豹說道：「再試一次。我是馬薩費拉海豹群的最後一隻海豹，以前人類大肆屠殺我們的時候，海灘上傳說以後會有一隻來自北方的白海豹出現，他會帶領海豹們去一個安全的地方。我老了，看不到那一天了，但是其他人會的。一定要再試一次。」

考梯克捲起鬍鬚說道：「我是海灘上出生的唯一一隻白海豹，拋開黑白不說，我也是唯一一隻想找新島嶼的海豹。」

他興奮不已，那年夏天他回到諾瓦斯陶希那的時候，他的母親請他留下來成個家，因爲他已不再是單身漢，而是個長得很結實的海洋鬥士了，肩上已長出鬈曲的白色鬃毛，和他父親一樣強壯、碩大、凶悍。

「再給我一年時間，」他說。「記住，媽媽，總是第七浪沖上岸最遠。」

非常有趣的是，還有一隻海豹也想把她的婚期推到明年，在最後一次出征前的那個夜晚，考梯克和她跳起了火舞，一直跳到盧坎農海灘。

這次他向西前進，因爲他跟上了一大群比目魚，而且他每天還至少要吃一百磅魚以維持身體的良好狀態。他一直跟著他們，累了才停下來，蜷起身子在海嶺的坑上睡一覺，就是那條連著銅島的海嶺。他非常熟悉海岸，有一天半夜，他感到自己輕輕地撞上了海草床，隨口說道，「嗯，今晚浪好大啊。」在水下翻了個身慢慢睜開了雙眼，伸展了一下身體。然後他像貓一般跳了起來，因爲他看見淺水處有龐然大物在四處晃動，大口嚼著粗粗的海草。

「天哪！」他小聲說道，「這些傢伙到底是什麼東西？」

他們不像考梯克以前見過的海象、海獅，不像熊、鯨、鯊魚，也不像烏賊、扇貝。他們有二十到三十英尺長，沒有後肢，只有一個鏟子般的尾巴，就像是濕皮削成的。他們的腦袋看起來最傻，如果他們不在吃草，不在莊重地相互鞠躬致意，像個胖人揮動手臂那樣揮動前肢的時候，他們在深水裏就靠尾端來保持平衡。

「啊！」考梯克說道。「好玩嗎，先生們？」這些大塊頭就像穿著蹼的蛙人那樣揮動著肢體，搖來晃去算是作了回答。他們再次吃草的時候，考梯克看見他們的上唇裂成了兩片，分開了大約有一英尺，兩片裂唇之間夾著整整一蒲式耳的海草。他們把草塞進嘴裏，一本正經嚼了起來。

「真是亂吃一通，」考梯克說。他們又搖起頭晃起腦，考梯克開始生氣了。「即使你們前肢果真多了一個關節，也不必表現得如此過分。我知道你們搖的姿態很優美，不過我想請教一下你們尊姓大名。」他們的裂唇一翕一張，玻璃般的綠眼睛直盯著他；但是並不說話。

「哦！」考梯克說。「你們是我見過的僅有的比海象西維奇還醜的傢伙——禮貌還更糟糕。」

這時一個念頭閃過，他記起了一歲的時候北極鷗在沃爾勒斯島給他講過的話，於是扭頭又跳進了水裏，他知道他終於找到了海牛。

海牛們繼續吞嚼海草，考梯克用上了他一路上學到的所有語言來提問題：海裏動物的語言和人的語言一樣豐富多彩。但是海牛沒有回答，因爲他不能說話。他的脖子本該有七塊骨頭，可他只有六塊，在水裏他和同伴們說話都有困難；不過，你也知道他的前肢多一個關節，因此他上下左右揮動前肢，發出一種笨拙的信號。

天亮的時候，考梯克氣得連鬢毛都豎了起來。就在這時候，海牛開始緩緩向北游去，時不時地還停下來，荒唐地相互搖頭晃腦開個會，考梯克跟著他們，自言自語說：「這麼傻的傢伙如果沒找到安全的島嶼住，早就被殺光了；對海牛有益的東西對海豹一定也有好處。總之，我希望他們動作快些。」

對考梯克來說，這是件疲憊的活兒。海牛群每天行進的距離從沒超過四十或五十英里，晚上則停下來吃東西，他們總是沿著岸邊前進；考梯克上下左右繞著他們游來游去，可是沒法讓他們游快些。繼續北進的途中，他們沒幾個小時就召開一次搖頭晃腦會，考梯克急得差點咬光了自己的鬍鬚，不過發現他們正順著一股暖流前進，他開始越發尊敬他們了。

一天晚上他們穿過亮晶晶的水層沉了下去——就像石頭一樣向下沉——考梯克頭一次發

現他們開始游得快了起來。他跟著他們，不禁爲他們的速度所震驚，他做夢也沒想到海牛竟然也是游泳好手。他們向岸邊的一座峭壁游去——這座峭壁一直延伸到深水處，在水下二十噚處，他們扎進了峭壁底部的一個黑洞裏。這段距離游得真長，跟著他們穿過黑暗的隧道前，考梯克迫切想吸到新鮮空氣。

「啊！」他喊了一聲，升上了隧道另一頭的開闊水面，喘著粗氣。「這段潛得可真夠長，不過很值得。」

海牛們已經散開了，躺在他所見過最棒的海灘邊上，懶洋洋地吃著草。這兒有延伸幾英里的大片平滑岩石，正適合作海豹的養育場，後面有硬沙斜坡可作玩耍場地，有捲浪可以在裏面跳舞，有深厚的草地可以翻滾，還有沙丘可以爬上爬下；不過最令考梯克高興的是，他的水感告訴他這兒從未有人來過。

他做的頭一件事是去證實了這裏有良好的捕魚條件，然後他沿著海灘游了一圈，數了數半掩在美麗的捲霧中低沙島的數目。北面向海處有一排沙洲、暗礁和岩石，任何船隻都無法駛進距海灘六英里內的地方；各島和大陸間有一片深水區，水邊便是陡峭的崖壁，崖壁下的某個地方就是隧道的入口。

「又是一個諾瓦斯陶希那，不過要強上十倍，」考梯克說。「海牛肯定是比我想像的要聰明。這兒即使有人來，也沒法下峭壁；海邊的暗礁又會把船撞個粉碎。如果說海上有安全的地方，就是這裏了。」

他想起了不在身邊的海豹們，儘管他急著回諾瓦斯陶希那，他還是矛盾地查看了一番這塊新領地，這樣他就能回答他們提出的所有問題了。

然後他潛了下去，弄清了隧道口的位置，穿過隧道就向南游去。除了海牛和海豹，別人做夢也想不到還有這麼一個地方，考梯克回頭看了看峭壁，連自己也不敢相信自己曾在下面待過。

儘管他游得不慢，還是花了六天才到家；他剛在海獅隘上岸，就看到了一直在等他的那隻海豹，她從他的眼神也看出他終於找到了他心目中的島嶼。

但是他講起他的新發現的時候，他的父親和其他的海豹都嘲笑他，一個和他年紀相仿的海豹說：「這很好，考梯克，但是你不能從一個誰都不知道的地方回來後，就讓我們離開這裏。請記住我們一直在爲爭奪養育場而戰，這事你可從沒幹過。你就喜歡在海裏游來逛去。」

聽到這些話，其他的海豹都笑了，這隻年輕的海豹也開始左右晃起腦袋來。那年他剛成婚，爲此倒是折騰了好一陣子。

「我不想為什麼養育場去戰鬥，」考梯克說。「我只想帶你們去一個大家都很安全的地方。戰鬥有什麼用呢？」

「哦，如果你想退出戰鬥，我也沒什麼好說的了，」年輕的海豹說道，面貌猙獰地笑了一聲。

「如果我贏了，你跟我走嗎？」考梯克問道，一道綠光閃過了雙眼，他很惱怒，竟然還不得不鬥一場。

「很好，」年輕的海豹滿不在乎地說道。「如果你贏了，我就跟你去。」

他已經沒時間改變主意了，因為考梯克的頭像箭一般衝了出去，牙咬進了年輕海豹脖子的贅肉。接著他倒地把敵人拽下了海灘，揪著他把他打翻在地。然後他向眾海豹吼道：「我在過去的五年裏已經為你們盡了全力。我為你們找到了可以安全生活的島嶼，但是除非把你們的腦袋從愚蠢的脖子上擰掉，否則你們還是不相信我。現在我要教訓教訓你們。自己提防好了！」

利莫欣告訴我他一生從沒見過——利莫欣每年都會見到幾萬隻海豹的大戰——從沒見過類似考梯克向養育場衝鋒的情景。他向他能找到的最大的海洋鬥士衝去，抓住他的喉嚨，掐他、撞他、擂他，直到他咕噥著向他求饒，他才把他扔在一邊又去打下一個。你知道，考梯

克不像其他大海豹那樣每年禁食四個月，他從沒斷過食，在深海裏游泳又給了他極爲健壯的身體，而且他還有最有利的條件，那就是他以前從未打鬥過。他滿腔怒火，鬈曲的白鬃毛都豎了起來，他的眼睛在冒火，狗牙在閃著光，他看起來棒極了。

他的父親老海洋鬥士看見他衝了過去，把蒼老的海豹們當成比目魚一般拽來拖去，還四處襲擊年輕的單身漢；海洋鬥士吼了一聲說道：「他也許是個傻瓜，不過他是海灘上最好的鬥士。不要和你的父親鬥，我的孩子！他跟你併肩戰鬥！」

考梯克吼了一聲作答，老海洋鬥士搖擺著身體加入了戰鬥，他的鬍鬚豎了起來，喘著粗氣就像輛機車，瑪特卡和考梯克未來的妻子蹲了下來，無比崇拜他們的男子漢氣概。這是場輝煌的戰鬥，只要有誰膽敢抬起頭，他們就向誰發起攻擊，然後肩併肩一邊在海灘上驕傲地上上下下巡視，一邊不停地咆哮。

到了晚上，遠方的點點星光穿過霧靄開始眨起眼的時候，考梯克爬上了一塊禿岩，看著下面零亂的養育場和遍體鱗傷流著鮮血的海豹。「現在，」他說，「我已經教訓過你們了。」

「哦！」老海洋鬥士說道，挺直了身子，因爲他傷得也不輕，「虎鯨也不可能把他們打得更慘。孩子，我爲你感到驕傲，我會跟你去你的島嶼——如果有這麼一個地方的話。」

「你們這些海上的肥豬！誰想跟我去海牛的隧道？回答我，否則我就再教訓你們一次。」考梯克吼道。

底下有陣細語聲，就像海灘上湧起又退下的細浪。「我們去，」幾千個疲憊的聲音答道。「我們願意跟著白海豹考梯克。」

考梯克低下頭驕傲地閉上了眼睛。他已不再是一隻白海豹，從頭到尾渾身鮮紅。儘管如此，他依然不屑於看一眼或是碰一下他的傷口。

一星期後，考梯克帶領他的大軍（約有一萬隻單身漢和老海豹）向北出發去海牛隧道，留在諾瓦斯陶希那的海豹說他們是白痴。但是第二年春天，他們在太平洋的捕魚岸附近相遇的時候，考梯克手下的海豹講起了海牛隧道那邊新海灘的事，於是更多的海豹離開了諾瓦斯陶希那。

當然這些事不是一次就能成功的，因爲海豹們需要很長的時間才能把頭腦裏的想法扭過來，但是年復一年，愈來愈多的海豹離開了諾瓦斯陶希那、盧坎農以及其他的養育場，來到這個有天然屏障的安靜海灘，考梯克在這兒耐著性子度過了整個夏天，比以前長得塊頭更大、更胖、更壯，單身漢們則在他周圍的海裏玩耍，人從來沒有來過。

盧坎農

【這是首偉大的深海之歌，聖保羅島的海豹們夏天返回海灘時都唱這首歌。從某種意義上說，這是海豹們唱的一首非常悲戚的國歌】

清晨我遇見伙伴（哦？可是我老了！）
夏天他們在暗礁上吼叫，地都在震動；
我聽見他們提高了合唱的嗓門，聲音淹沒了海浪的歌聲——
盧坎農的海灘——兩百萬聲齊聲合唱！
鹽湖邊舒適的棲息地之歌，
戰鬥的分隊踏過沙丘之歌，
將海變成火場的午夜狂舞之歌——
盧坎農的海灘——海豹獵人到來之前的美景！
清晨我遇見伙伴（從此不再見到他們！）
他們成群結隊來了又去，黑壓壓布滿了海岸。
聲音穿過泡沫點點的海面，

我們向登陸的隊伍歡呼，歡歌迎著他們上岸。
盧坎農的海灘——有茂盛的冬麥——
有濕淋淋波狀的地衣，處處彌漫著海霧！
我們嬉戲的平台，光亮而平滑！
盧坎農的海灘——我們出生的家園！
清晨我遇見伙伴，一個潰散的群落。
人類在水中射殺我們，在陸上棒擊我們；
把我們像愚昧溫順的綿羊一般趕往鹽屋，
我們仍然唱著盧坎農——在海豹獵人到來之前。
去南方，去南方！哦，古弗魯斯卡，去吧！
給深海總督講述我們的苦難故事；
哦，暴風雨如鯊魚卵一般汪潑在海岸，
盧坎農的海灘不再見到他們的孩子！

（陳榮東／譯）

第二章　小獴勇鬥眼鏡蛇

小獴瑞基鑽進洞，咬住眼鏡蛇奈格。接著瑞基就像被狗叼住的老鼠一樣，被奈格前後左右，上上下下轉著圈地摔打；他的身體被甩到地板上，撞到鐵製的舀勺上、肥皂盒上、軟毛刷上，砸到浴盆的錫邊上，但他仍是紅著眼睛，死死咬住不放。為了獴家族的榮譽，他寧願死後人們發現他的牙仍是咬住的。

小獴瑞基鑽進洞，
紅眼睛盯著死皮褶，
只聽紅眼睛在說，
「奈格？過來和死亡共舞！」
眼睛盯著眼睛，頭對著頭，
（注意保持距離，奈格。）這是一場你死我活的決鬥；
（隨你的便，奈格。）
是你轉得快？還是我跳得疾——
（快逃走藏起來吧，奈格。）
哈！你這長皮褶的凶神又沒擊中！
（悲傷將伴隨著你，奈格！）

下面要講的是瑞基—提基—塔維獨鬥眼鏡蛇的故事，這場驚心動魄的戰鬥發生在西古里兵站一套平房的浴室裏。縫葉鶯達齊爲他助戰，麝鼠查瓊賈平日膽小得只敢溜著牆邊爬，連屋子中央都未到過，這次也給他出謀畫策；但真正的戰鬥還是瑞基—提基一個人打的。

瑞基是一隻獴，如果只看毛和尾巴，他像隻小老鼠，要是觀察頭部和習性，他更像隻黃鼠狼。他的眼睛和鼻尖是粉紅色的，小小的鼻子總是不住地嗅來嗅去；他的前後腿都非常靈活，能隨心所欲地抓搔身體的任何部位；他尾巴上的毛全豎起來時像個洗瓶子的刷子，瑞基穿梭在深草中時，會發出「瑞克—提克—提基—提基—泰克！」的聲響，那是他戰鬥前的吶喊。

有一天，夏日暴漲的洪水將瑞基從與父母居住的洞穴中沖出來，他在水中無助地蹬著腿，發出咯咯的聲音，任由洪水帶著他衝下路旁一條排水溝。瑞基看見一把雜草漂在水上，便緊緊抓住不放，直到失去了知覺。醒來時，他發現自己躺在烈日下一條花園小路中央，渾身上下都濕漉漉的。這時，瑞基聽到一個小男孩的聲音：「這兒有隻死獴。我們爲他舉行個葬禮吧！」

「不，」孩子的媽媽說，「我們先把他拿進屋子弄乾，也許他還沒死。」

母子倆把他拿進房，一個魁梧的男子抓住瑞基的爪子把他提了起來，說他沒死，只是嗆著水昏迷了。於是他們用棉花把瑞基裹住，讓他慢慢暖和過來。不一會兒，瑞基睜開眼睛，連打了幾個噴嚏。

「現在，」大個子男人（**他是新搬入這套平房的英國人**）說，「別嚇著他，我們瞧瞧他會做什麼？」

要嚇著一隻獴實在是天下頭一等的難事，因爲他從鼻尖到尾尖都充滿了好奇。獴家族的格言是：「萬事需親歷。」而瑞基是一隻真正的獴。他瞅了瞅棉花，覺得這東西肯定不好吃，於是繞著桌上跑了幾圈，坐下來理順了毛，搔了搔癢，然後一下子蹦到了男孩的肩上。

「別害怕，泰德，」男孩的爸爸說。「他就是這樣交朋友的。」

「噢，他在我下巴底下呵癢呢！」男孩叫了起來。

瑞基從男孩的領子和脖子間向下望了望，又在耳朵邊嗅了嗅，然後爬到地板上，坐下來擦他的鼻子。

「天啊，」泰德的媽媽叫道，「他可是隻野生的獴呀！我想他這麼溫順是因爲我們對他好。」

「所有的獴都這樣，」他丈夫說。「只要泰德不提他尾巴，不把他關到籠子裏，他會整天在屋裏跑進跑出的。我們餵他點東西吃吧！」

一家人餵了他一小片生肉，瑞基太喜歡吃了。吃完肉，他跑到陽台上，在太陽地裏坐下來，抖開渾身的毛，讓它們徹底曬乾。現在他感覺好多了。

「那幢房子裏一定還有好多東西要看個明白，」他自言自語道：「可能比我家裏人一輩子見過的還要多，我當然得留下來看個遍。」

　　這天剩下的時間裏，瑞基一直在房內四處逛。一次，他差點掉進浴盆裏淹死；另一次，他把鼻子伸進了書桌上的墨水瓶裏！他還爬到大個子男人膝上看他如何寫字，結果被大個子的雪茄菸頭把鼻子燙了一下。夜暮降臨，他又跑到泰德的房間，看著煤油燈被點燃。泰德上床睡覺，他也跟著爬了上去。但瑞基是個一刻也靜不下來的伙伴，只要夜裏哪兒有一點響動，他都會醒來查個究竟。瑞基正醒著臥在枕頭上，泰德的爸爸媽媽走進屋來，想在睡覺前最後再看看兒子。「我不喜歡這樣，」泰德的媽媽說：「他可能咬著孩子。」「不會的，」孩子的爸爸說。「泰德和這小傢伙在一起，比有隻警犬守著都安全。萬一現在有條蛇鑽進來——」

　　這麼可怕的事情，泰德的媽媽連想都不願想。

　　清晨，瑞基趴在泰德肩上來到陽台吃早餐。他們餵了瑞基香蕉和煮鷄蛋。瑞基輪流坐在一家三口的膝蓋上。一隻受過良好教育的獴，總希望有一天能成爲一隻家獴，能有幾間房子可以跑來跑去。瑞基的媽媽過去也在西格里兵站的一位將軍家住過，所以她仔仔細細地教過瑞基碰到白人時該怎麼做。

　　吃完早飯，瑞基跑到花園裏看看有什麼。花園很大，只有一半開墾過，裏面有檸檬，桔子，片片的竹林，叢叢的高草，還有像尼爾元帥避暑別墅裏的玫瑰一樣高的灌木叢。瑞基舔了舔舌頭。「這真是個極好的獵場。」他自言自語地說。一想到這兒，他的尾巴不覺像洗瓶刷一樣支翹了起來。他在花園裏竄上跳下，東聞聞，西嗅嗅，直到聽見荆棘叢中傳來幾聲悲涼的鳴叫。

那是縫葉鶯達齊和他的妻子。他們把兩片大葉子拉到一起，用纖維將葉緣縫好，中間塡上棉花和絨毛，一個漂亮的巢就建成了。夫妻倆坐在巢邊小聲哭泣著，鳥巢也隨之擺來擺去。

「你們怎麼了？」瑞基問道。

「我們太不幸了，」達齊說，「昨天，我們的一隻小寶寶從巢裏掉了下去，被奈格吃了。」

「噢！」瑞基說，「太慘了——但這地方我不熟，能告訴我奈格是誰嗎？」

達齊和妻子沒有回答，只是蜷縮進巢中，因爲從灌木下厚厚的草叢中傳出低低的嗞嗞聲——一種冷酷而恐怖的聲音，驚得瑞基倒跳出足足兩英尺。接著，草叢裏一寸寸地露出奈格的頭和頸部的皮褶。奈格是條黑色的大眼鏡蛇，從舌尖到尾尖足有五英尺長。他抬起身體的三分之一，像風中蒲公英的花莖一樣來回擺動，一條蛇無論在想什麼，他的眼睛都不會改變神色。此時，奈格正用這雙惡毒的眼睛盯著瑞基。

「誰是奈格？」他說。「我就是奈格。偉大的造物之神梵天熟睡時，我們的祖先曾展開頸下的皮褶為他遮擋陽光，因此，偉大的梵天就將他的印跡刻在了我們每隻眼鏡蛇身上。瞧，這兒，為之敬畏吧！」

奈格盡力地展開皮褶內側眼鏡狀的印跡，的確很像門上鉤扣的眼。一時間，瑞基有些害怕了，但對獴來說，害怕的感覺只是片刻即逝。儘管小瑞基還從未遇到過活生生的眼鏡蛇——他媽媽餵過他死蛇——但他明白，所有長大的獴一生的使命便是與蛇搏鬥，吃掉他們。這點奈格也清楚，在他那顆冷酷的心深處，也是害怕的。

「好吧，」瑞基說著，尾巴上的毛又開始一根根地豎起來，「有印跡也好，沒印跡也好，你認為自己偷吃從巢裏掉下來的小鳥是對的嗎？」

奈格現在正邊思考，邊觀察瑞基身後草叢中一絲一毫的動靜。奈格心裏明白，花園中出現獴，就意味著自己和自己的家遲早都得毀滅，但還是希望能乘瑞基不備咬中他。這樣想著，奈格把頭低下來些，搭在身體的一側上。

「讓我們來談談吧，」他說。「你吃蛋，為什麼我就不能吃小鳥？」

「背後！小心背後！」達齊驚叫起來。

瑞基清楚此時回頭無異於浪費時間，他拚盡全身力量跳得盡可能高，而就在他身下一

點處，「颼——」的一下滑過奈格惡毒的妻子——奈格妮的頭。她乘瑞基說話時悄悄地爬到他身後，準備要了他的命。瑞基聽到她一口沒咬中時發出凶狠的嗞嗞聲。瑞基差點落在她背上，如果他是隻經驗豐富的老獴，他就會清楚這正是一口咬破蛇背的好機會；但他也忌憚眼鏡蛇甩鞭似的回擊。瑞基的確咬了一口，但沒有咬緊便跳得離奈格妮亂掃的尾巴遠遠的，剩下奈格妮在那裏又氣又痛。

「可惡，可惡的達齊！」奈格說著，猛得挺起身體去搆荊棘叢中的鳥巢，但達齊把巢建在蛇搆不到的地方，鳥巢只是前後搖晃了幾下。

瑞基感到自己的眼睛變得又紅又熱（**一隻獴的眼睛變紅，表明他發怒了**），他像隻小袋鼠似的坐在自己的尾巴和後腿上，警覺地望著四周，憤怒地吱吱叫著。但是奈格和奈格妮早已消失在草叢中了。蛇一旦一擊不中，從不說什麼，或有任何徵兆表明他們接著會做什麼。瑞基也不願去追他們，他沒有足夠的把握同時對付兩條毒蛇。他慢跑到房子邊石子鋪成的小路上，坐下來靜想。這件事對他來說十分嚴重。

如果你讀過早期的自然史一類的書，你會發現書上說獴與蛇搏鬥不小心被咬中後，會逃去吃一種草來療傷。其實根本沒這種事。決鬥的勝利只是取決於誰眼明腿快——蛇的攻擊與獴的跳躍——既然沒有誰的眼睛能跟得上蛇頭的攻擊動作，就使得這種較量比靠什麼魔草取勝更爲驚心動魄。瑞基知道自己還小，因此更對自己能躲開這次背後偷襲感到格外的高興，這給了他自信。當泰德順著小路跑過來時，瑞基已經準備好接受泰德的愛撫了。

誰知泰德剛俯下身，浮土中什麼東西動了一下，只聽見一個細細的聲音說，「小心，我會要你命的！」那是卡瑞特，一種願意整天待在土裏的褐色小蛇；被他咬傷和被眼鏡蛇咬了一樣危險。但他身子小，沒人注意他，所以對人的威脅就更大。

瑞基的眼睛又紅了。他跳起一種多少年獴家族傳下來的搖擺動作，一點一點接近卡瑞特。這種步法乍看非常滑稽，但每一步都能讓身體保持完美的平衡，便於隨意地向任何方向迅速移動；在對付蛇時，這是一種優勢。真希望瑞基能明白，他正進行著一場比鬥奈格更危險的搏鬥，因爲卡瑞特個子小，轉身快，除非瑞基能準確地咬住蛇頭後部，否則就有可能被卡瑞特回頭一口咬著眼睛或嘴唇。可惜小瑞基不知道這些；他眼睛通紅，前後跳躍著，尋找著合適的位置進攻。卡瑞特伸頭一口咬過來，瑞基一旁閃開，準備湊近了咬住卡瑞特。但狡猾的小灰蛇猛得把滿是塵土的頭甩向他的肩膀，逼得瑞基不得不從卡瑞特身上跳過去，跳時頭部緊貼著腳後跟。

泰德衝著房子大聲喊道：「噢，快瞧這兒！我們的小獴在吃蛇呢！」瑞基聽到泰德媽媽一聲驚叫，他爸爸也跑了出來，手裏拿著一根棍子。但沒等泰德的爸爸走近，卡瑞特又一口咬過來，這次衝得太猛，一下子撲了個空，瑞基身體向上一彈，跳到蛇背上，從兩條前腿中間伸出頭去，在蛇背盡量靠上的部位狠狠地咬了一口，然後一個滾兒滾到一邊。這一口把卡瑞特麻痺在地上，瑞基本打算按獴家族傳統的吃法從尾巴開始將蛇吃掉，忽然想起一頓飽餐後會行動遲緩，要是他想時刻保持自己的力量和敏捷，他必須不讓自己發胖。

他跑到蓖麻叢下在土裏打了幾個滾，泰德的父親此時卻在用棍子打那條死蛇。「這有什麼用？」瑞基想，「我已經全都解決了。」

過了一會，泰德的媽媽把他從土裏提了出來，雙手舉在胸前，大聲說他救了泰德的命，泰德的爸爸也誇他是天賜之物，而泰德驚魂未定，兩眼睜得大大的看著。瑞基看他們如此大驚小怪，不覺有些好笑。當然，他是無法理解這一切的，在他看來，泰德的媽媽倒不如輕輕拍打泰德幾下，告誡他不要在土裏玩。不管怎樣，瑞基還是非常開心。

這天吃晚飯時，瑞基在桌上盛滿葡萄酒的酒杯間穿來穿去。餐桌上擺著各式各樣的好吃的，他本可大吃一通，飽得下面三頓飯都可以省了，但他還記著奈格和奈格妮。盡管瑞基很高興被泰德的媽媽輕拍撫摸，或是坐在泰德的肩上，但他的眼睛卻不時地變得通紅，嗓子裏發出他戰鬥前長長的吼聲——「瑞基—提基—提基—提基—泰克！」

泰德上床睡覺時還帶著瑞基，而且一定要瑞基睡在他下巴底下。瑞基很有教養，不會在上邊亂抓亂咬，但小泰德一睡著，他便爬下來，繞著房子開始他的夜巡。黑暗中，他碰上了正溜著牆邊爬的麝鼠查瓊賈。查瓊賈個頭不大，膽子更小。他整夜嗚咽唧唧地，想下決心跑到房子中央去，可至今還從未到過。

「別咬死我，」查瓊賈幾乎是哭著說。「瑞基，別咬死我。」

「你以爲一名毒蛇殺手會殺一隻麝鼠嗎？」瑞基不屑地說。

「吃蛇的也會被蛇吃掉，」查瓊賈說著，表情越發悲切。「我怎麼能確信奈格黑夜裏不會把我錯當成你呢？」

「不是沒這種可能，」瑞基說，「但奈格只在花園裏活動，我知道你是不會去那兒的。」

「我的堂兄田鼠查告訴我——」查瓊賈話說半截就停住了。

「告訴你什麼？」

「噢！奈格哪兒都去，瑞基。你早該親自到花園裏找查談談。」

「我沒找過——所以你必須告訴我。快點兒，查瓊賈，要不然我咬你。」

查瓊賈坐下大哭起來，淚珠一直滾到髫鬚上。「我真是個可憐的人啊，」他抽泣著說。「我連跑到屋子中間的勇氣都沒有，噢！我什麼也不能告訴你啊。難道你自己聽不到嗎，瑞基？」

瑞基側耳傾聽著。屋內一片寂靜，但他還是聽到了一種細得不能再細的喳喳聲——聲音如同一隻黃蜂走在窗格上一樣微弱——一條蛇的鱗片在磚上划過的聲音。

「那是奈格或奈格妮，」他想道：「他正從浴室的下水道往裏爬，你是對的，查瓊賈；我早該和查談談了。」

瑞基悄悄溜進泰德的浴室，裏面什麼都沒有。他又跑到泰德媽媽的浴室，只見光滑的石灰牆底部有一塊磚被抽出來，留出個洞用來排水。瑞基摸到放置浴盆的磚底座旁，聽見奈格和奈格妮在外面月光下竊竊私語。

「房子裏要是沒有人，」奈格妮對丈夫說，「他就得滾蛋了，那樣花園就又是我們的了。悄悄溜進去，記住首先要咬死殺卡瑞特的大個子男人。成功後回來告訴我，我們一塊去找瑞基算賬。」

「你肯定咬死人會對我們有好處嗎？」奈格問。

「好處多了。房子沒人住，花園裏還會碰到獴嗎？只要房子一天是空的，你我就在花園裏做一天的國王和王后。別忘了，我們在甜瓜地裏的蛋一旦孵化出來（可能就在明天），我們的孩子也需要更大的房子和安全的環境。」

「我沒有想到這點，」奈格說。「我會去的，但之後沒必要一起去找瑞基。我會咬死大個子男人和他妻子，如果可能的話，還有那個孩子，然後悄悄回來。這樣房子就空了，瑞基也會離開的。」

瑞基聽了他的話，渾身充滿了憤怒和仇恨，不由地振顫起來。奈格的頭開始從下水道鑽進來，緊接著是他五英尺長冰涼的身體。瑞基雖然滿腔怒火，但看到眼鏡蛇巨大的身體還是十分害怕。奈格一圈一圈捲起身體，抬起頭，在黑暗中審視著浴室，瑞基可以看見他的眼睛閃閃發光。

「如果現在我在這兒咬死他，奈格妮會聽見；如果等他爬到屋裏寬敞的地板上，形勢又對他有利。我該怎麼辦呢？」瑞基想到。

奈格前後搖擺著，瑞基聽到他正從用來打水灌浴盆的大水罐裏喝水。「這太好了，」大蛇自言自語道。「大個子男人殺卡瑞特時手裏拿著一根棍子。我要在這兒等他來。奈格妮——聽到我說話嗎？——我要待在涼快的地方直到天亮。」

外面沒有回音，瑞基知道奈格妮已經走了。奈格繞著水罐的底部一圈圈盤起身子，瑞基像死了一樣一動不動地待在那裏。過了一個小時，他開始慢慢地，一點一點地挪向水罐。奈格睡著了，瑞基看著他寬寬的蛇背，估量著往哪兒下口最有效。「如果我第一跳不能咬穿他的背，」瑞基想到，「他肯定還能還擊；要是他反咬一口——噢，瑞基！」他瞧了瞧奈格皮褶下厚厚的頸部，覺得還是太粗了；而一口咬在尾巴上只能使奈格更加瘋狂。

「必須咬住奈格的頭，」瑞基最終下了決心；「皮褶上面的頭部。一旦咬住了，絕對不能鬆口。」

於是瑞基猛得跳了過去。奈格的頭在水罐肚子的下面，離水罐有一定距離。瑞基牙齒剛咬住，就用身體抵住這個紅色陶罐的肚子，壓著奈格的頭抬不起來。這爲他贏得了一秒鐘的優勢，但他充分利用了這短短的一秒鐘。接著瑞基——像被狗叼住的老鼠一樣——被奈格前後左右，上上下下轉著圈地摔打；他的身體被甩到地板上，撞到鐵製的舀勺上、肥皂盒上、軟毛刷上，砸到浴盆的錫邊上，但他仍是紅著眼睛，死死咬住不放。瑞基苦苦支撐著，下巴合得愈來愈緊，因爲他覺得自己準要被摔死了，爲了獴家族的榮譽，他寧願死後人們發現他的牙仍是咬住的。瑞基感到頭暈腦脹，渾身疼痛，彷彿風衝得他失去了知覺，紅色的火焰燒焦了他的毛。大個子男人被他們搏鬥的響動吵醒了，跑進來把兩槍管的火藥都打在了奈格的皮褶後面。

瑞基閉上眼睛，死命咬住不鬆口，現在他肯定自己已經死了。但奈格的頭不動了。大個子男人提起他說：「又是多虧了這隻獴，艾麗絲！小傢伙救了我們一家人的命。」泰德的媽媽面色蒼白地走了過來，看了看奈格的殘骸。瑞基拖著身子慢慢爬回泰德的臥室，剩下的大半個晚上裏，他輕輕地搖動著身體，看看是否真的像他想像的那樣，已經被摔成了四十瓣。

清晨，瑞基感到渾身酸痛，但心裏對自己昨晚的功績十分自豪。「現在就剩下奈格妮要收拾了，她比五個奈格還難對付，而且現在還不清楚她說的快孵出來的蛋在哪兒。上帝！我必須去找找達齊。」瑞基想到。

沒等吃早飯，瑞基便跑到荊棘叢邊去找達齊。達齊正放開嗓子唱他的凱歌呢！掃地的人剛把死蛇扔到垃圾堆上，奈格死了的消息，就在花園裏傳開了。

「噢，你這長滿羽毛的笨蛋！」瑞基生氣地說，「現在是唱歌的時候嗎？」

「奈格死啦─死啦─死啦！」達齊唱道。「無畏的瑞基狠狠地咬住他的頭，大個子男人拿來砰砰響的棍子，把奈格打成了兩半！他再也不會吃我的小寶寶了！」

「是這樣，好了吧！奈格妮在哪兒？」瑞基邊問邊警惕地環視著四周。

「奈格妮爬進浴室下水道去叫奈格，」達齊接著說道，「奈格纏在一根棍子上──掃地的人用棍子的一頭挑起他，扔到了垃圾堆裏。讓我們齊聲為偉大的紅眼睛的瑞基歌唱吧！」

達齊深吸了口氣，又接著唱起來。

「要是搆得著你的巢，我真想把你的寶貝們都打到地上，」瑞基說。「你真不懂什麼時候該做什麼事。你在窩裏挺安全，我在底下可是面對著一場戰鬥。先別唱了，達齊！」

「爲了偉大的，漂亮的瑞基，我不唱了，」達齊說。「什麼事，殺死可惡奈格的英雄？」

「我問你第三遍，奈格妮在哪兒？」

「在馬廄邊的垃圾堆旁，正爲奈格傷心呢！偉大的，牙齒白白的瑞基萬歲！」

「我牙齒白跟這沒關係！你聽說她在孵蛋嗎？」

「在甜瓜地裏靠近圍牆的那頭，那裏太陽幾乎整天都能曬到。她兩週前把蛋藏那兒的。」

「那你就從未想過有必要告訴我？你是說靠近圍牆的那頭？」

「瑞基，你不是要去吃她的蛋吧？」

「確切地說，不是吃；不是。達齊，你要是有點頭腦的話，就飛到馬廄邊假裝翅膀折了，引誘奈格妮追你到灌木叢那邊。我必須去甜瓜地，但現在去她會看見我。」

達齊是個滿腦袋羽毛的傢伙，腦子裏一次只能裝一個想法。他一想到奈格妮的孩子和他的一樣都是蛋生的，就覺得把小蛇們殺死在蛋中太不光明正大了。但達齊的妻子是隻有頭腦的縫葉鶯，明白現在一個蛇蛋就等於以後一條小眼鏡蛇。她拍拍翅膀飛離了鳥巢，留下達齊在巢裏給小寶寶們保溫，接著唱他的「奈格之死」。達齊在有些地方倒真像個男人。

她飛到垃圾堆邊奈格妮面前抖動著翅膀，大聲喊道：「噢，我的翅膀折了！房子裏的小男孩扔石頭把我的翅膀打折了。」說完她更是拚命地抖動著。

奈格妮抬起頭，嗞嗞地叫道，「要不是你報警，我早把瑞基殺了。這次你翅膀折了，可真找錯了地方。」她滑過塵土，追向達齊的妻子。

「那個小男孩用石頭把我的翅膀打折了。」達齊的妻子驚叫著。

「好！我一定會找那個小男孩算賬的，你臨死之前知道，也是個安慰。今兒早上我丈夫躺在垃圾堆上，但到不了晚上，房子裏那個小孩也會一動不動躺倒的。你逃有什麼用？我肯定能抓住你。小傻瓜，看著我！」

達齊的妻子可知道不能聽她的，因爲鳥要是看了眼鏡蛇會嚇得跑不動的。達齊的妻子痛苦地尖叫著，撲搧著翅膀向前飛，但從不飛離地面。奈格妮追得愈來愈急了。

瑞基聽見她們從馬廄邊沿著小路向上去了，急忙跑到甜瓜地靠近圍牆的一頭。在地邊一堆暖和的枯葉上，他發現二十五個藏得非常隱秘的蛇蛋，每個蛋蛋和矮腳鷄的蛋差不多大，只是殼是白色的軟殼而不是硬殼。

「我真是一天也沒早到。」瑞基說道。因爲他已經能透過殼看到裏面蜷著的小眼鏡蛇了，而且他知道，一旦他們孵出來，每隻都能咬死一個人或一隻獴。瑞基以最快的速度一個個地咬破蛋殼的頂部，小心地弄死每隻小眼鏡蛇，還不時把枯葉翻過來，看看有沒有漏掉的。最後只剩下三個蛋了，瑞基滿意地笑了，這時他聽到達齊妻子的尖叫聲。

「瑞基，我把奈格妮引到了房子那邊，她爬進陽台去了，——噢，快來——她要殺人了。」

瑞基又弄碎了兩個蛋，嘴裏叼著第三個蛋，一個滾滾下甜瓜地，四條腳狠命蹬著地面，急急火火地往陽台那兒趕。泰德和爸爸媽媽正在陽台上用早餐；但瑞基發現他們什麼都沒吃。一家人像石頭一樣定在那裏，臉色慘白。奈格妮盤臥在泰德椅邊的席子上，可以輕易地咬著泰德光著的小腿，她現在正搖來擺去地唱著凱歌。

「殺死奈格的大個子男人的兒子，」她嗞嗞地叫道，「待在那兒別動。我還沒準備好呢！等一會兒。你們三個，千萬別動。誰動我就咬他，不過你們就是不動，我還是要咬死你們。噢，你們殺了我的奈格，你們這些蠢人！」

泰德兩眼呆呆地盯著爸爸，但他爸爸現在能做的，也只是輕聲對他說，「坐在那別動，泰德。一定不要動。泰德，別動。」

正在這時，瑞基出現了，他大聲叫道：「轉過身來，奈格妮；轉過身來和我鬥！」

「都到齊了，是時候了。」奈格目不轉睛地說。「我過會兒再和你算帳。先看看你的朋友吧，瑞基。看他們一個個呆若木鷄，面色慘白的樣子；他們害怕了，他們不敢動了，你再往前一步，我就咬死他們。」

「看看你的蛋吧，」瑞基說，「藏在靠牆那片甜瓜地的那堆蛋。去看看吧，奈格妮。」

大蛇半轉過身，一眼看見陽台上的蛇蛋。「啊！把它還給我。」她喊道。

瑞基兩隻爪子抱住蛇蛋，兩眼變得血紅。「一個蛇蛋值多少？一隻小眼鏡蛇呢？一隻小眼鏡蛇王又值多少？要是最後——只剩最後的一隻，那又該值多少？螞蟻們正在吃甜瓜地那幾顆剩下的蛋呢！」

奈格妮瞧見蛋就什麼都不顧了，猛得把身體全轉了過來；瑞基看見泰德的爸爸倏得伸出大手，一把抓住泰德肩膀，將他從放著茶杯的小桌上拽了過來，總算安全了——奈格妮搆不著他了。

「上當啦！上當啦！上當啦！瑞克—泰克—泰克！」瑞基大笑道，「小男孩安全啦！告訴你，昨晚在浴室裏，是我——是我咬住了奈格的皮褶。」瑞基開始四條腿一起上下跳躍，而頭卻向下伸著。「他把我甩來甩去，可就是怎麼也甩不掉。沒等大個子男人把奈格打成兩半，他就已經死了。是我殺了他。瑞基—提基—泰克—泰克！來呀，奈格妮，來和我鬥。你這寡婦也當不長了。」

奈格妮發現自己已失去咬死泰德的機會，而她的蛋又在瑞基的兩爪之間，便低下頭說：「把蛋還給我吧，瑞基。把最後一個蛋還給我吧！我會走得遠遠的，再也不回來。」

「是的，你會滾蛋的，而且再也回不來了；因爲你快和奈格一道躺到垃圾堆上去了。進攻吧，小寡婦！大個子已經去拿槍了！進攻吧！」

瑞基圍著奈格妮跳了一圈又一圈，剛好保持在她咬不著的位置，一雙眼睛紅得像燃燒的煤。奈格妮圍起來，猛得衝他咬去。瑞基向後一跳閃過。奈格妮伸頭咬了一口又一口，但每次只是「砰——」的一聲重重打在陽台的席子上，她的身體蜷起來像錶上的發條。瑞基圍著奈格妮一圈圈地跳看，想轉到她身後，奈格妮也一圈圈地轉著身體，始終保持頭對著瑞基，她尾巴掃過席子發出一陣陣沙沙聲，聽起來就像風吹枯葉的聲音。

瑞基忘記了那個蛋。蛋仍放在陽台上，奈格妮爬得愈來愈近，突然，她乘瑞基喘氣的空檔，一口叼住蛋，轉身滑下陽台的階梯，箭一般沿著小路飛逃而去，瑞基在後面緊追不捨。眼鏡蛇逃命的時候，跑起來像馬鞭「颼——」得掃過馬的脖子。

瑞基清楚自己必須抓住她，否則這一切麻煩又會從頭開始。奈格妮朝灌木邊的深草中跑去，瑞基邊追邊聽見達齊還在唱那愚蠢的凱歌。達齊的妻子可聰明多了。她看見奈格妮跑過來，馬上從巢裏飛出來，擋到路上用翅膀拍打奈格妮的頭。如果達齊也來幫忙，他們很可能截住她，但奈格妮只顧低著頭繼續逃。就是這樣，這片刻的耽擱還是幫瑞基追上了奈格妮，就在她一頭鑽進鼠洞——她和奈格的老窩——的一刹那，瑞基白白的細牙咬住她的尾巴，跟著她一起鑽進洞中。其實很少有哪隻獴願意跟著眼鏡蛇鑽進洞裏，無論他多麼機靈和經驗豐富。洞裏一片漆黑；瑞基也不曉得到哪兒會突然變寬，給奈格妮轉身攻擊的空間。他死命咬住不放，伸出四條腿蹬在斜坡濕熱的泥土作爲制動。

洞口的草忽然不動了，達齊說，「瑞基完了！我們要爲他唱一首輓歌。勇敢的瑞基死了！奈格妮在地洞裏肯定會把他咬死的。」

於是達齊唱起一首他現編的非常悲傷的歌，正當唱到最感人的部分時，洞口的草又晃動了幾下，只見瑞基滿身塵土，一條腿一條腿地拖著身子爬出了洞口，邊爬邊舔鬍鬚。達齊驚叫一聲，停止了歌唱。瑞基抖了抖毛上的土，打了個噴嚏。「全解決了，」他說。「那個寡婦再也不會出來了。」住在草莖間的紅螞蟻們聽到這個消息，開始成群結隊地爬進洞去，看他說的是不是真的。

瑞基蜷起身躺在草地上睡著了。他睡呀睡呀，一直睡到快黃昏時才醒來——他可說是辛苦一天了。

「現在，」他醒來說道，「我該回房子裏去了。達齊，告訴銅匠，他會向整個花園宣布奈格妮已經死了。」

銅匠是一隻啄木鳥，他啄木的聲響和小鐵錘砸在銅罐上的響聲一模一樣；銅匠總是在製造這種噪音，因爲在印度的花園裏，銅匠就是傳信員，把各種新聞播發給每個願意聽的人。瑞基沿著小路往回走，耳聽得銅匠先是發出「請注意，請注意」的信號，如同幾聲飯鈴響，接著便連續不斷地傳來「叮－咚－嗒，奈格死啦──咚！奈格妮也死啦！叮－咚－嗒！」花園裏的鳥兒們聽到這個消息都鳴唱起來，青蛙也呱呱地叫著。奈格和奈格妮以前不僅吃幼鳥，還吃青蛙。

瑞基回到房子時，泰德和他的爸爸媽媽（她剛從昏迷中醒來，臉色依然十分蒼白）一起走了出來，見到他差點都哭了。這天晚上，瑞基吃掉了餵給他的所有食物，直到撐得一點也吃不下了，才伏在泰德的肩膀睡著了。泰德的媽媽深夜來查看的時候，他還趴在那兒睡呢。

「他救了我們的命，也救了泰德的命，」她對丈夫說。「想想，他竟然救了我們全家。」

瑞基醒了，一躍而起。所有的獴睡覺都很輕。

「噢，是你們，」他說。「你們現在還擔心什麼？眼鏡蛇都死光了。就是有活的，還有我在呢！」

瑞基有理由爲自己感到驕傲。但他可沒驕傲得過了頭，他忠實地履行著一隻獴應盡的職責，用他白白的牙齒，敏捷的跳躍，準確的撕咬守衛著花園，直到再沒有一隻眼鏡蛇敢在牆內露臉。

達齊唱的頌歌

——獻給瑞基—提基—塔維

我是名裁縫，我是名歌手——
兩個行當的樂趣我都嘗到——
我為我縫製的房子自豪，
天空中悅耳的歌聲是我的驕傲——
天上地上，我編織著我的小屋——我編織著我的歌謠。
媽媽們，抬起你們的頭吧，
或是唱首歌給你們的小寶寶！
危害我們的惡魔已被殺死，

花園中的死神倒地死了。

隱藏在玫瑰中恐怖的幽靈死在了糞堆上——不再逍遙。

是誰，是誰把我們解救出來？

告訴我他的名字，指給我他的穴巢。

是瑞基，他勇敢，忠誠，

是瑞基，他眼裏有團火焰在燃燒。

瑞基——提基——提基，我們偉大的獵手，

他的牙齒如象牙般潔白，他的眼睛裏有火焰在燃燒。

他應該得到我們的感謝；

我們向他鞠躬致敬，為他展開我們尾巴上的羽毛。

用夜鶯的歌聲來讚美他——

不，還是由我來唱頌揚他的歌謠。

聽！我要唱給你聽，一首獻給瓶刷尾巴，紅眼睛瑞基的歌謠。

（唱到此被瑞基打斷了，剩下的部分就不得而知了……）

（**王津陽／譯**）

第三章　馴象師吐瑪依

一頭大象吼了起來，所有的大象都跟著吼，足足吼了五到十秒，可怕極了。樹上的露水給震了下來，像下雨一樣噼噼啪啪落在那些看不見的脊背上。所有的大象都在跺著地，聽起來就像在山洞口擂打戰鼓的聲音一樣。

我要記起過去的自己，我厭倦了繩索。
我要記起從前的氣力，記起叢林裏的時光。
我不再為了一捆甘蔗出賣自己的脊梁，
我要回到我的群體，回到叢林裏的朋友們身旁。

我要出走，一直走到天剛剛放亮，
去找風純淨的吻，去找水潔淨的撫摸。
我要忘記那腳鏈，我要掙開那木樁，
我要重訪失去的愛，重訪自由自在的伙伴。

卡拉．那格（在印度語裏是黑蛇的意思），已經爲印度政府服役了四十七年，只要是大象能做的事他都做過。人們把他抓來時他剛滿二十歲，現在已經快七十歲了——這正是大象最成熟的年紀。他記得有一次，自己頭上頂著一塊大大的皮墊子，去推一架深深陷在泥裏的炮車，那是一九四二年阿富汗戰爭①以前的事了，那會兒他的力氣還沒長足呢！媽媽拉德哈．皮亞里——在印度語裏是寶貝拉德哈的意思——是和他一起被逮住的，當他的乳牙還沒掉光的時候，媽媽就告訴他，膽小的大象才總是受傷；卡拉·那格知道這是對的，因為他第一次聽到炸彈爆炸時嚇得尖叫著退了幾步，撞進個槍堆，刺刀一根根扎進了他柔軟的腹部。所以，還不到二十五歲，他就再也不害怕了，他於是成了印度政府軍隊裏最受寵愛、被照看得最為周到的大象。在向北印度進軍途中，他背過一千二百磅重的帳篷；他還曾經被一架蒸汽吊車吊進一艘船，在海上航行了好幾天，到了一個遠離印度的陌生的、有著很多岩石的國家，他們叫他馱一門迫擊炮。他看到西奧多大帝死在默克達拉，後來他又乘那艘船回來了，士兵們說，他被授予了阿比西尼亞戰爭勛章②。

十年以後，他眼看著伙伴們凍死了、餓死了，或者給阿里·默思吉德的太陽曬死了；後來他又給派到幾千英里以南，到了緬甸南部一個叫作木淡棉的港口城市，在那裏的貯木場裏拖拉並堆放粗大的楠木。在那裏，他差點打死了一頭不聽話的小象，那小傢伙不願意做該他做的那份工作。

那以後他們不要他拖木頭了，征用他和其他幾十頭受過訓練的象，一起幫助人們在加羅山山間獵捕野象。印度政府嚴格控制著軍隊裏大象的數量，有整整一個部門專門負責搜尋、捕獵、馴服野象，並且根據需要把他們趕到工作地點去。

卡拉·那格足有十英尺高，他的牙齒給鋸短了，只剩下五英尺，斷口用銅包了起來，防止

牙齒裂開。可是，比起沒受過訓練的有著真正尖牙的大象，他能用那兩截斷牙做更多的事情。

一個星期又一個星期過去了，人們小心翼翼地把分散在山間的四、五十頭野象趕進了最後的圍場。捆在一起的樹幹做成的閘門轟地落下了，堵住了野象的退路，一聲令下，卡拉·那格就衝進火光閃閃、吼聲連連的地獄（往往是在晚上，那時在火把搖曳的光影下，距離變得難以分辨），從那亂轟轟的一群裏，找出個子最大、脾氣最野的公象，狠狠地撞啊推啊，直到把對方馴服，其他象背上的騎手們這時候就去捆綁小一些的野象。

說起搏鬥，聰明的黑蛇卡拉·那格可精通啦。他不止一次勇敢地面對過受傷的老虎。他把柔軟的鼻子捲起來，不讓老虎傷到他，接著頭飛快地甩（這全是他自己發明的招式），從側面撞向那個跳到半空的猛獸，把他擊翻在地，然後用粗大的雙膝跪上去，壓得老虎喘著氣慘嚎著死了。地上就只剩下個軟塌塌的長著條紋的東西，被卡拉·那格拽著尾巴拖走了。

卡拉·那格的騎手大吐瑪依是帶他去阿比西尼亞的黑吐瑪依的兒子，是目睹他被抓的馴象師吐瑪依的孫子。大吐瑪依說：「是啊，黑蛇什麼也不怕，就怕我。他已經看到我們祖孫三代餵養他照顧他啦，他就要看到第四代了呢！」

「他也怕我。」小吐瑪依挺直身子說。他才四英尺高，身上只圍了一塊破布。他今年十歲，是大吐瑪依的大兒子，根據習俗，他長大後將取代父親騎上卡拉·那格的脖子，手上拿著重重的馴象用的鐵刺棒，那根鐵棒已經被他爸爸、他爺爺和他太爺磨得很光滑了。小吐瑪依當然知道自己在說些什麼，他就是在卡拉．那格的影子下面出生的，他還不會走路，卡拉．那格就已經用鼻尖逗他玩了，他剛學會走路就帶著卡拉．那格去喝水了。卡拉．那格根本就想不到去服從他尖聲細氣的命令，就像那天大吐瑪依抱著個棕色的嬰兒走到卡拉．那格面前，叫他向未來的主人致敬時，卡拉．那格根本想不到要弄死他一樣。

「是的，」小吐瑪依說，「他怕我。」他邁著大步走到卡拉．那格面前，叫他老胖豬，還讓他把腳一隻一隻抬起來。

「哇！」小吐瑪依說，「你的個兒可真大，」他學他爸爸的樣子，搖著頭髮亂蓬蓬的腦袋。「政府可能花錢養著大象，可他們是屬於我們馴象師的。你老了以後，卡拉．那格，會來個有錢的酋長拉甲，因爲你個子大又懂規矩，他會從政府裏把你買走，然後你就不用做事啦，只要在耳朵上戴上金的耳環，背上馱一頂金的象轎，身上披一塊綴著金線的紅布，走在國王的遊行隊伍的最前列。那我就騎在你的脖子上，卡拉．那格，手上拿一根銀做的象鞭，人們拿著金色的棒子跑到我們前面，嘴裏喊著『給國王的大象讓路！』那會很神氣的，卡拉．那格，不過沒有在叢林裏逮野象這麼過癮！」

「哼！」大吐瑪依說，「你還是個孩子，像牛犢一樣野。像這種在山裏上上下下亂跑並不是印度政府裏最好的差事。我快老了，我可不喜歡野象，我喜歡磚砌的象房，那兒每頭象都有一個小間；有大大的樁子，可以把他們牢牢地拴住；還有平坦寬闊的大路，用來訓練他們。我可不想要這種來回亂跑的宿營生活。啊哈，科恩波兒營挺好，附近還有個市場，每天也只幹三小時活兒。」

小吐瑪依想起了科恩波兒營，沒說什麼。他倒更喜歡露營的生活，討厭那種又寬又平的大路，討厭每天帶他們去飼料場吃草，討厭很長很長時間沒事可做，只好呆呆看著拴在樁上的卡拉・那格煩躁地動來動去。

小吐瑪依喜歡的，是順著只有大象才能走的路攀山頂、下山谷；他喜歡能夠不時瞥見野象在遠處悠閒地吃東西；喜歡看卡拉・那格腳下受驚的豬和孔雀受驚逃竄；喜歡溫熱的雨點，它們打得人睜不開眼睛，打得峰峰谷谷都騰起了煙；喜歡漂亮的霧濛濛的早晨，那種時候誰都不知道當天晚上會在哪裏露營；喜歡穩穩當當而又小心翼翼地驅趕野象，喜歡獵象的最後一夜那瘋狂的奔跑、熊熊的火光和震耳的喧囂。那一夜，野象像泥石流中的巨石一樣滾滾湧進圍場，他們發現自己已無路可逃了，就去狠狠地撞那些厚重的圍樁。可這都沒用，人們的吆喝聲、揮舞著的熊熊的火把，還有一陣陣向他們射的空彈，最終還是把他們趕回了圍場。

哪怕只是一個小孩子，在那裏也是有用的，吐瑪依卻一個頂三個。他拿著一支火把左右揮動著，拚命叫喊著。不過，往外驅趕象群才是真正刺激精彩的時候，那時候克達——也就是印度語裏圍場的意思——裏看起來簡直像是世界末日，人們只能互相打著手勢，因爲他們根本聽不見自己說話的聲音。這時候，小吐瑪依就爬到一根搖搖晃晃的圍樁頂上，他那給太陽曬得發白了的棕黃色頭髮披散得滿頭滿臉，在火光裏看起來就像個小精靈。只要圍場裏稍稍安靜一會兒，你就能聽見他在尖聲吆喝著鼓勵卡拉·那格，他的聲音蓋住了象群的吼叫聲、衝撞聲、繩子的啪啪聲和捆住了的大象的呻吟聲。

「梅奧，梅奧，卡拉·那格！（上！上！黑蛇！）當堵！當堵！（用牙頂他！）索馬婁！索馬婁！（小心，小心點！）馬若！馬！（揍他！揍他！）當心圍樁！啊嘿！啊嘿！咳！呀！呀！呀——」他叫喊著，卡拉·那格和那頭最凶猛的野象從克達的這頭打到那頭，又從那頭打回這頭。逮象人擦去額上的汗，抽空向小吐瑪依點點頭，他卻在圍樁頂上開心地扭著身子呢！

他可不只是扭扭身子而已。一天晚上，他滑下圍樁，穿過象群，撿起一截掉到地上的繩子，扔向一個趕象人。一頭小象亂踢亂蹬，那人正在找機會捆住他的腿（小象往往比長成了的象更難對付）。卡拉·那格看見了他，用鼻子把他捲了起來，送到大吐瑪依面前。大吐瑪依當時就打了他幾下，又把他放回到圍樁頂上去。

第二天早上，大吐瑪依教訓了他一頓，說，「難道住好好的磚砌的象房，偶爾也扛扛帳蓬還不夠勁兒嗎？你竟然非得親手去逮野象了，沒用的小東西！這會兒，那幫蠢豬獵手，他們的薪水還沒我多呢，已經把這事告訴彼德森先生了。」小吐瑪依嚇壞了。他不太了解那個白人，可是對他來說，彼德森先生是世界上最偉大的白人。他是印度所有克達工作的頭兒——印度政府所有的大象都是他逮來的，沒有人比他更了解大象了。

「會——會出什麼事？」小吐瑪依問。

「出什麼事！有可能發生的最糟糕的事。彼德森先生是個瘋子，要不然他幹什麼來逮這些野性十足的惡魔？他還可能叫你也去當個逮象人，在這些充滿瘴氣的叢林裏到處露宿，最後在克達裏大象的腳下不得好死。最好這件無聊的事能安安穩穩地結束掉。下個星期獵象就結束了，我們這些平原上的人就會給派回營地啦！我們就又可以在平路上走路，把這裏的事情忘個一乾二淨了。不過，兒子，我生氣的是，你竟然摻和起這種活兒來了，這是那些髒乎乎的阿薩姆族的山裏人才去幹的。卡拉·那格只服從我，所以我必須和他一起進克達，可是他是用來搏鬥的，並不幫他們捆象，所以我悠閒地坐著，這才是馴象師該做的呢——不只是個獵象的——是個馴象師，我說，是個退休後能拿到養老金的人。難道馴象師吐瑪依家的後代是在克達的土裏被踩到腳下去的嗎？壞傢伙！可惡的東西！沒用的兒子！去給卡拉·那格洗一洗，檢查一下他的耳朵，看看他的腳上有沒有扎進刺兒；要不然彼德森先生準會抓住你，把你也變成一個野地裏的獵象人——一個跟著大象腳印跑的，一頭林子裏的熊。哼！沒羞！滾！」

小吐瑪依走開了，什麼也沒說，不過他檢查卡拉·那格的腳的時候，把自己的傷心事兒全告訴了他。「沒關係，」小吐瑪依說，掀起卡拉那格巨大的右耳，「他們已經把我的名字告訴彼德森先生了，也許——也許——也許——誰知道呢?嗨！我拔出的這根刺兒可真不小！」

以後的幾天，人們把象群集中起來，趕著剛逮來的野象跟著幾頭馴象走來走去，這樣它們在往平原去的路上就不會惹太多的麻煩了。那幾天，大家還儲備了些繩子、毯子什麼的，用來補充那些用爛了的或是丟在了叢林裏的。

彼德森先生騎著聰明的母象普德迷你來了。他一直在山裏其他營地發工錢呢，因爲獵象的季節快要結束了。在一棵樹下坐了一個印度的職員，給那些趕象人發工錢。每個人領到錢以後，就回到自己的大象身邊，回到準備出發的行列裏去。逮象人、獵象人和擊象人是常駐克達的，他們年復一年待在叢林裏。他們騎在彼德森先生常備在叢林裏的大象身上，或者懷抱著斜倚在樹幹上，開那些準備上路的趕象人的玩笑，看見剛逮住的野象掙斷繩索到處亂跑，就哈哈大笑一陣。

大吐瑪依向那個職員走去，身後跟著小吐瑪依。追蹤象跡的那些人的頭兒馬楚・阿帕壓低聲音對一個朋友說，「至少這兒有塊對付大象的好料兒。讓這麼隻林子裏的小公雞到平原上去換毛，真是可惜了。」

彼德森先生全身上下都長著耳朵，一個人要想聽野象這種最安靜的動物的動靜就得這樣。他一直躺在普德迷你的背上，這會兒翻了個身，問：「說什麼呢？平原上來的趕象人都那麼蠢，我倒不知道有誰那麼聰明，能捆住哪怕一頭死象呢！」

「不是個大人，是個孩子。最後一場趕象，他進了克達，我們把那頭肩膀上有斑點的小象從他媽媽身邊弄開的時候，他把繩子扔給了巴毛。」

馬楚阿帕指了指小吐瑪依，彼德森先生看了他一眼，小吐瑪依向他深深鞠躬。

「他扔繩子？他比椿釘還小呢！小傢伙，你叫什麼名字？」彼德森先生問。

小吐瑪依緊張壞了，話都說不出來了，好在卡拉・那格就在他身後，吐瑪依做了個手勢，卡拉・那格用鼻子捲起他，把他舉到普德迷你的額頭那麼高，面對著偉大的彼德森先生。小吐瑪依用雙手捂住臉，他不過是個孩子，除了伺弄大象，他就像個孩子一樣害羞。

「啊哈！」彼德森先生說，大鬍子掩不住他的笑意，「你爲什麼教你的大象玩這個把戲？是幫你偷晾在屋頂上的青玉米吧？」

「不是青玉米，窮人的保護人，是偷瓜，」小吐瑪依說。周圍坐著的人又爆發出一陣大笑，他們自己小時候大多也教過自己的象玩這個把戲。小吐瑪依那會兒懸在空中，他倒恨不得自己鑽在地底下呢！

「他叫吐瑪依，是我兒子，先生，」大吐瑪依皺著眉頭說。「他是個不聽話的孩子，他最後會安分的，先生。」

「這一點我可不信，」彼德森先生說，「這麼點兒歲數就敢面對整個克達的孩子是不會好好坐著的。看著，小傢伙，給你四個安那買糖吃，因為你那一大蓬亂草下面倒還長著小腦瓜兒呢。你長大了也會成為獵手的。」大吐瑪依的眉頭皺得更厲害了。「不過，記住，克達可不是小孩子玩的地方。」

「我永遠不能去吧，先生？」小吐瑪依猛吸一口氣，問道。

「哦，不，」彼德森先生又笑了。「等你看到大象跳舞了。那就是你該去的時候了。你要是看到大象跳舞了，就來找我，那時候哪兒的克達我都會讓你去。」

人群中又爆發出一陣大笑，因為這是獵象人中間流傳的一個笑話，那就是永遠也不的意思。叢林深處有一些很大的被踏平了的空地，人們說那是大象的舞場，不過這些舞場也是無意間發現的，從來沒有人親眼看到過大象跳舞。每當一個趕象人吹噓自己的本事和膽量時，

其他人就會說，「那麼你什麼時候看到過大象跳舞了？」

卡拉・那格把小吐瑪依放了下來，他又一次深深鞠了個躬，跟著父親走了。他把四安那銀幣給了媽媽，她正在餵養還在襁褓中的弟弟。他們都爬上卡拉・那格的背，一長列大象呻吟著、尖叫著從山地下到平原。因爲那些新逮來的象，這一路上非常熱鬧，那些野象在每個岔口都會惹點麻煩，時不時需要人哄他一下或是揍他一頓。

大吐瑪依不屑地捅卡拉・那格，因爲他非常生氣，可是小吐瑪依高興得說不出話來了。彼德森先生注意到他了，還賞了他一些錢！一個列兵給叫出隊列、受到司令官表揚時是什麼感覺，小吐瑪依現在就是什麼感覺。

「彼德森先生說大象跳舞，那是什麼意思？」他終於輕聲問媽媽了。

大吐瑪依聽見了，哼了一聲。「你永遠也不會變成這些山豬一樣的追踪象跡的人，這就是他的意思。哎，前面的，什麼擋著路了？」

兩、三頭大象之前，一個阿薩姆族的趕象人氣呼呼地轉過頭來，喊道，「把卡拉・那格帶過來，讓他把我這頭畜牲揍出點規矩來。彼德森先生爲什麼偏偏選中我和你們這些稻田裏的驢一起去平原呢？吐瑪依，把你的象牽到旁邊來，讓他用牙戳戳我這頭。我以所有山神的名義起誓，這些剛逮來的象是著了魔了，要不就是他們能嗅到叢林裏同伴的味道。」

卡拉．那格在那頭象的肋骨上撞了一下，撞得他氣都上不來了。大吐瑪依說，「我們最後一次行動，已經把這些山裏的所有野象都逮來了。那不過是你趕象不專心罷了。難道我非得前前後後維持秩序不成？」

「聽聽！」那個人叫道，「我們把他們都逮來了！唷！喃！你非常聰明，你們這些平原來的。只有從來沒見過叢林的榆木腦子才不知道這一點：他們知道這一季獵象已經結束了。所以今天晚上所有的野象要——可是我幹嘛對一隻河裏的烏龜浪費精力呢？」

「他們要幹什麼？」小吐瑪依大聲問道。

「哦嗬！小傢伙，是你嗎？好吧，我願意告訴你，因爲你有個好腦瓜，他們要跳舞。你父親逮來了所有的，山上的所有的野象，今晚可得在象樁上多捆一道繩子。」

「什麼鬼話？」大吐瑪依說。「四十年了，我們父子相傳照顧著大象，從來就沒有聽說過關於跳舞的蠢話。」

「是啊，可是一個住在茅屋裏的平原上的人，只知道他茅屋的四堵牆。好吧，今天晚上就別拴你的象，看看會發生什麼；說到他們跳舞，我見過那種地方——哎喲喲——哎喲！迪沆河到底有幾個彎哪？這裏又有個淺灘，我們得讓小象游過去。後面的，停住。」

就這樣一路說著話，拌著嘴，涉過一條條的河流，他們終於走完第一段路，到了一個可以叫做野象接收站的地方；可是大家早就怒氣沖天了。

人們把大象的後腿拴在大木樁上，剛逮來的野象身上還多加了幾道繩索，把草料堆在他們面前。山裏的趕象人趁著下午回彼德森先生那裏去了，叮囑平原上來的人那天夜裏要格外小心。平原上的人問他們爲什麼，山裏人笑了。

小吐瑪依照料著卡拉・那格吃了晚飯。天黑了，他在接收站裏裏外外轉來轉去，找他的小鼓，心裏別提多高興了。印度的孩子心裏有事的時候，並不會吵嚷著跑來跑去，他會一個人坐下來，滿心狂喜。彼德森先生跟他說話了！他要是找不到那面鼓，我想他就已經開心得爆炸了。好在，接收站裏賣糖果的小販借給了他一面小鼓——用手掌敲的那種——星星出來的時候，他盤腿在卡拉・那格面前坐了下來，腿上放著那面鼓，他敲啊敲啊，想到自己有多麼榮幸，他愈想愈激動。他不住手地敲啊敲，一個人坐在大象的草料堆裏。沒有曲調也沒有歌詞，可是這種敲打讓他覺得快樂。

剛逮來的野象掙緊了繩索，不時粗聲或尖聲叫一會兒。他能聽見媽媽在營房裏哄小弟弟睡覺，唱著一支很古老很古老的動物該吃些什麼的歌。這支歌非常好聽，第一段的歌詞是這樣的：

濕婆③，他帶來了豐收，他讓風兒吹起，
很久很久以前他坐在門道裏，
他給每種生物食物和份額以及命運和操勞，
從寶座上的國王到門口的乞丐。
什麼都是他帶來的——我們的保護神濕婆。
大神啊，大神啊，他什麼都做——
駱駝吃荊棘母牛吃草，
媽媽的心給渴睡的你，哦，我的小寶寶！

媽媽每唱完一段，小吐瑪依就高興地咚咚和兩聲，後來他睏了，就在卡拉·那格身邊的草堆上躺下了。

終於，大象一頭接一頭地躺了下來，這是他們的習慣，只剩下右手盡頭的卡拉·那格還站著，他慢慢地擺來擺去，大耳朵朝前支楞著，傾聽夜風緩緩吹過山坡。空氣裏充滿了夜的響動，他們合起來反而使夜顯得格外靜謐——兩根竹枝碰到一起發出「喀」的一聲脆響，灌木叢裏有什麼東西在唏唏簌簌的，一隻半夢半醒的鳥撓了撓樹枝，「呀」地叫了一聲（夜裏

鳥經常醒，比我們想像的次數多多了），很遠很遠的地方，河水潺潺地流著。

小吐瑪依睡了一會兒，醒來的時候明月當空，卡拉・那格還站在那裏，支楞著耳朵。小吐瑪依依在草堆上唏唏嗦嗦地翻了個身，看星空映襯下卡拉・那格的輪廓。就在這時，他聽見寂靜的夜裏傳來一頭野象咚咚的腳步聲，聲音那麼遠，聽起來不比一根針掉在地上響。

拴住的象都跳了起來，像是給槍打中了似的。他們呼嚕呼嚕的聲音終於吵醒了馴象師，人們過來用大槌子把那些拴象的樁子又往土裏砸了砸，綁緊這根繩子，又在那根上打打結，直到大象們都安靜了下來。一頭剛逮來的野象幾乎把他的木樁全拔出來了，大吐瑪依取下卡拉・那格腿上的鏈條，把那頭象的前後腿都捆上，在卡拉・那格的腿上纏了個草環，叫他記住自己是拴牢了的。他知道他爸爸和爺爺以前經常這麼做。卡拉・那格總是咕嚕一聲作爲回答，這一次卻沒有，他靜靜的站著，目光越過月色下的原野，頭微微抬起，耳朵像蒲扇一樣撐開，傾聽加羅山深處的動靜。

「要是他夜裏不安分了，看著他點兒，」大吐瑪依吩咐小吐瑪依，說完回屋睡覺去了。小吐瑪依也快睡著的時候，突然聽到「啪」的一聲，椰樹上的一根葉子崩斷了，卡拉・那格慢慢地穩穩地滑出了拴他的木樁，就像是一片雲緩緩地滑出了山谷。小吐瑪依跟在他身後噼啪啪地跑著，壓低了聲音喊道，「卡拉・那格！卡拉・那格！帶我一起去，噢，卡拉・那格！」那頭象沒聲沒息地轉過身來，往回邁了三大步，走到月光下的孩子身邊，伸過鼻子，把孩子甩上背。小吐瑪依還沒坐穩，卡拉·那格就已經滑進了叢林。

捆住了的大象發出一陣狂怒的吼叫，然後就只剩一片寂靜。卡拉·那格開始走動了。有時候，一叢高草擦過他的肋間，就像是波浪擦過船舷；有時候，一束野藤掠過他的背，或是一根竹子碰到了他的肩膀，「啪」地裂了；但是除此以外，卡拉·那格沒有發出任何聲音，他像一陣輕煙，在加羅山茂密的叢林裏飄了過去。他是在爬山，可是儘管小吐瑪依從樹縫裏觀察著星星，他還是不知道是在往哪個方向走。

卡拉·那格上到峰頂，停了一會兒，小吐瑪依能看見在月光下，樹頂茸茸的、斑斑駁駁的，一直綿延到很遠，他還看見山谷裏小河的上方飄著根藍白色的霧帶。小吐瑪依俯下身看，他覺得身下的叢林並沒有睡——毫無倦意，生氣勃勃，並且熙熙攘攘的。一隻很大的咖啡色的吃水果的蝙蝠擦過他的耳邊；一隻豪豬的尖刺在灌木叢中沙沙作響；樹幹之間的黑影裏，他聽見一隻豬獾在努力刨又濕又軟的土地，邊刨邊呼哧呼哧的。

他頭上的樹枝又合到了一起，卡拉·那格開始慢慢地走下山谷——這一回他不再是悄無聲息的了，倒像是一節炮筒滾下陡岸一樣——一口氣衝了下去。他壯碩的四條腿像活塞一樣有節律地動著，每步都邁八英尺遠，關節那裏皺在一起的皮膚沙沙作響。他走過的地方，灌木叢和小草發出帆布撕裂一樣的聲音：他用雙肩撞得東倒西歪的小樹又彈了回來，撞到他的肋部。藤條纏纏繞繞全糾纏在一起去了，他擺著頭開路的時候，藤條就掛上了他的牙齒。小吐瑪依緊緊趴在他的身上，深怕哪根彈回的樹枝把自己掃到地上去，這時他真心希望自己還在象營裏呢！

草變得又濕又軟，卡拉·那格落下腳，腳就陷了下去，發出嘎吱嘎吱的聲音。谷底的夜霧很冷，小吐瑪依凍壞了。他聽見嘩啦嘩啦、轟隆轟隆的聲音，還聽見潺潺的流水聲。卡拉·那格走到河床裏，一步步探著過了河。河水從卡拉·那格的腿邊打著旋兒流了過去，除了河水的轟鳴，小吐瑪依還能聽見上下游都有涉水的聲音，還夾雜著些吼聲——大聲的咕噥聲、憤怒地噴鼻子的聲音，好像包裹著他的濃霧裏到處都有滾動著的、起伏著的影子。

「哎！」他幾乎說出了聲音，牙齒碰得咯咯直響。「今天晚上大象都出來了。這就是那跳舞了。」

卡拉·那格從河裏衝出來，噴乾淨鼻子裏的水，又開始爬坡。不過這一次，他不再是孤零零的，他也用不著自己開路了，他面前已經開出了一條路，有六英尺寬，路上那些壓倒了的小草正掙扎著再挺起來。就在幾分鐘之前，一定有很多大象剛從這裏走過。小吐瑪依回頭看了看，他身後有一頭巨大的公野象正從霧濛濛的河裏爬上岸來，豬一樣的小眼睛像燒紅了的炭似的閃著光。樹又合上了，他們繼續往山上走，低聲吼著、左衝右撞，四下裏都是樹枝折斷的聲音。

終於，卡拉·那格停在最高峰峰頂的兩棵樹之間，站住不動了。山頂上長著一圈樹，圍住了一塊不規則的大約三、四英畝的空地。小吐瑪依看到，那裏面的土地已經給踩得像磚頭一樣堅硬了。空地中間還長著些樹，但是樹皮已經給刮掉了。月光灑在林間，一片斑駁，露出的那些木頭看著像打磨過似的，十分光亮。高一些的樹枝上掛著些藤蘿，開著鈴鐺一樣又大又白的花，像蠟做的一樣，靜靜地垂下來，睡熟了似的。可是那空地裏卻沒有一丁點兒綠色——只有踩實了的土地。

銀白色的月光瀉下來，只有大象站的地方留下了墨黑的影子。小吐瑪依屏著呼吸看著，眼睛都快瞪出來了。那時候，愈來愈多的大象從樹幹之間轉進了空地。小吐瑪依只會從一數到十，他掰著手指頭數啊數啊，數到後來都搞不清有幾個十了，他的頭開始發昏。他能聽見在空地之外還有大象在找路上山，他們在灌木叢裏橫衝直撞。可是一走進那片空地，他們就像幽靈一般蕩來蕩去了。

這裏有長著白森森長牙的公象，脖子上耳朵後的皺紋裏藏著樹上掉下來的枝葉漿果；有又胖又笨重的母象，只有三、四英尺高的紅黑色的小象跟在她們肚子下面；有剛剛開始長牙

的神氣活現的小公象；有又細又長、皮包骨頭的老母象，她們的臉瘦得深陷了下去，鼻子乾枯得像粗糙的樹皮，帶著急切的表情；有蠻勇的老公象，從肩到肋都布滿了傷疤，那是過去的戰鬥留下的可怕痕跡，他們特有的泥水浴在他們身上糊上了厚厚一層泥，泥餅撲簌簌地從肩上掉了下來；有一頭公象只剩下一根牙，身上有一些可怕的傷痕，那是一隻老虎的爪子留下的。

他們頭對著頭站著，或者三三兩兩地在空地上走來走去，或者自顧自搖來晃去的——幾十頭幾十頭的大象。

吐瑪依知道，他只要在卡拉·那格的背上躺穩就不會出事，因為即使是在克達裏驅趕象群那種又忙又亂的時候，一頭野象也不會揚起鼻子，從馴象的身上拽下個人來，更何況今天晚上這些大象根本就沒想到人。這時，叢林裏傳來了腿鏈匡鐺匡鐺的聲音，他們都驚動了，支楞起耳朵，可那是普德迷你，彼德森先生的寵象。她掙斷了鐵鏈，打著呼嚕、東嗅西嗅著上了山。她一定是掙開了拴她的木樁，直接從彼德森先生的帳篷過來的。小吐瑪依還看見另一頭他不認識的象，背上胸上都有深深的繩子勒過的傷痕。他一定也是從附近山裏哪個營裏跑出來的。終於，叢林裏不再有大象走動的聲音了，卡拉·那格從兩棵樹之間滑了出去，走到象群中間，咯咯咕咕地叫著。所有的大象都開始用他們自己的語言說話，並開始走來走去。

小吐瑪依仍然躺在卡拉・那格的背上。他往下看，看到好多好多寬闊的脊梁，擺動的耳朵，揚起的鼻子，和小小的、轉來轉去的眼睛。他聽到象牙和象牙偶然碰到一起時清脆的「喀」的一聲，聽到絞在一起的鼻子發出乾燥的沙沙聲，還聽到那些碩大的身體和肩膀互相擦過時發出的刮擦聲，還有大象尾巴不時輕輕拍打的噼啪聲和嘶嘶聲。這時一塊雲遮住了月亮，他周圍一片漆黑，可是那些大象仍舊像剛才一樣互相撞著推著，咕咕叫著，一點也不受影響。他知道卡拉・那格周圍全是象，根本就不可能叫他從這裏面走出去，所以他咬緊牙關，坐在那兒瑟瑟發抖。在克達裏，至少還有火光，還有吆喝聲；在這裏，黑暗裏只有他一個人孤零零的坐著，而且有一次，還有一隻捲起的鼻子碰了碰他的膝蓋。

一頭大象吼了起來，所有的大象都跟著吼，足足吼了五到十秒，可怕極了。樹上的露水給震了下來，像下雨一樣噼噼啪啪落在那些看不見的脊背上。這時響起了一種沉悶的嗡嗡聲，開始不太響，小吐瑪伊搞不清楚那是什麼聲音；可是聲音愈來愈大，卡拉・那格抬起一條前腿，又抬起另一條，然後落到地上——一、二，一、二。像杵錘一樣有節奏。所有的大象都在跺著地，聽起來就像在山洞口擂打戰鼓的聲音一樣。樹上的露水撲簌簌地往下落，到後來都落光了，那嗡嗡的聲音還在持續。大地搖晃著、顫動著，小吐瑪依用手捂住耳朵，想堵住那聲音。可是那聲音是那麼響亮，又是那麼刺耳，是上百條沉重的腿一起跺著堅硬的地

面發出的。有那麼一、兩回，小吐瑪依能感覺到卡拉．那格和所有的象一起往前衝了幾步，跺地的聲音變成了什麼鮮嫩的東西被碾碎的聲音，可不一會兒，在堅土上跺地的聲音又開始了。他附近什麼地方有棵樹給壓得吱吱作響，他伸出手，摸到了樹皮。可是卡拉．那格又在往前走，還在跺著地，小吐瑪依不知道自己在那塊空地的什麼地方。象群一言不發，只有一次，兩三頭小象一起尖叫了一聲。接著他聽到砰的一聲，還有拖著腳走路的聲音，嗡嗡聲還在持續著。那種嗡嗡的聲音一定不停地響了整整兩個小時，小吐瑪依渾身作痛，可是他從空氣裏的氣息知道，天快亮了。

青色的群山後面露出了一片淡黃的天，天亮了。隨著第一道曙光，嗡嗡聲立刻停止了，好像那道光束就是命令似的。小吐瑪依腦子裏還嗡嗡響著呢，他甚至還沒換個姿勢，所有的大象就都不見了，只剩下卡拉．那格、普德迷你和那頭身上有傷的大象，山坡上甚至沒有什麼痕跡，沒有沙沙聲，沒有竊竊私語的聲音，根本看不出其他大象都去了哪裏。

小吐瑪依瞪著眼睛看了又看，從他的印象來看，這塊空地是擴大了，空地中間有了更多的樹，可是樹下的灌木和雜草都給捲了起來。小吐瑪依瞪著眼睛瞧了一會兒。現在他懂得他們爲什麼要跺地了，他們跺出了更大的空間——把厚厚的草葉和濕漉漉的枝幹跺成殘渣，殘渣跺成小片，小片又跺成了碎屑，碎屑跺成了堅硬的土地。

「哇！」小吐瑪依說，他的眼皮發沉。「卡拉．那格，我的主啊，我們跟著普德迷你去彼德森先生的營地吧，要不然我就從你身上跳下來。」

第三頭象看著他們走開了，噴了噴鼻子，轉過身走了。他可能屬於哪個土著小酋長的象營，離這兒五、六十英里或一百英里遠。

兩個小時以後，彼德森先生正吃早飯呢，那一夜多捆了一道的大象吼叫起來了。普德迷你肩膀以下都滴著泥水，身後跟著卡拉．那格，拖著距走進了營地，腿軟軟的。

小吐瑪依臉色發灰，青一塊紫一塊的，頭髮給露水打濕了，裏面到處沾著樹葉，但他還是掙扎著向彼德森先生行了個禮，虛弱地喊了一聲：「跳舞——大象跳舞！我看見了，我——我要死了！」卡拉．那格坐了下來，小吐瑪依暈了過去，滑下卡拉．那格的背。

不過，印度的孩子根本就沒那麼嬌弱，所以兩個小時之後，他就舒舒服服地躺在彼德森先生的吊床上了，頭下枕著彼德森先生的獵裝，手上拿著一杯熱牛奶，一點白蘭地，肚子裏裝了一些奎寧。那些頭髮亂篷篷的、身上布滿傷疤的老獵手裏三層外三層地圍坐在他前面，看鬼一樣看著他，他三言兩語地說完了自己的故事，孩子們都是這樣的，最後說道：

「我要是有一個字兒說了謊，派人去看吧，他們會看到那些大象踩啊踩啊的，把舞場弄大了，他們還會看到十條、十條，好多好多個十條路通向那個舞場。他們用腳踩大了地盤。

我看見了，卡拉·那格帶我去了，我就看見了。還有，卡拉·那格腿都軟了呢！」

小吐瑪依躺下去睡了，整個下午他一直在睡，一直睡到天黑。他睡覺的時候，彼德森先生和馬楚阿帕循著兩頭大象的腳印在山裏走了十五英里。彼德森先生逮象逮了十八年，他以前只發現過一次這樣的舞場。只要看一眼，馬楚阿帕就知道了那裏發生過什麼事，他也不需要再用腳趾撓一撓那給踩得實實在在的土地。

「那孩子說的是實話，」他說，「這些都是昨天夜裏發生的。我數了數，過河的小路有七十條。看哪，先生，那棵樹給刮掉塊皮，是普德迷你腿上的鐵鏈刮的！是啊，她也來了。」他們倆互相瞪著，四下看了又看。他們真的驚訝了。因爲大象做的事沒有哪個人能弄懂，不管他是黑人還是白人。

「四十五年來，」馬楚阿帕說，「我一直在跟隨大象我的主，可是我從來沒有聽說過哪一個人類的孩子，看到過這個孩子看到的事情。我以所有的山神的名義起誓，這！我們又能說些什麼呢？」他搖了搖頭。

他們回到營地的時候正好該吃晚飯了，彼德森先生在自己的帳篷裏吃，不過他吩咐下去說，營裏應該宰兩隻羊、殺幾隻雞，比平時多放一份米、麵和鹽，因爲他知道今晚要有個盛會。

大吐瑪依心急火燎地從平原上的營地趕來了，來找他的兒子和他的大象。找到他們以後，他看著他們就像是害怕他們似的。

在拴住了的大象前面燃起了篝火，人們在那裏狂歡，那裏的英雄不是別人，是小吐瑪依。又高又壯的棕色的逮象人、追踪象跡的人、趕象人、捆象人，那些懂得馴服最烈的野象的所有秘密的人把小吐瑪依傳來傳去，他們在他的額頭上點了一隻剛殺的山雞胸脯上流出來的血，表明他是個叢林裏的人，來自叢林，並且在所有的叢林裏來去自由。

最後，篝火熄滅了，燒焦的木頭發出的紅光映照在大象身上，好像他們在血裏浸過似的。馬楚阿帕跳了起來，把小吐瑪依高高舉過頭頂。馬楚阿帕是所有的獵象人的首領，是又一個彼德森先生，他四十年來就沒見過一條鋪好的路；他是那麼偉大，所以只有這麼一個稱呼。這時他叫道：「聽著，兄弟們。聽著，你們也聽著，拴在了那裏的我的主，因爲是我馬楚阿帕在說話！這個小傢伙從此不再叫小吐瑪依啦，應該叫他馴象師吐瑪依，用他的太爺以前的稱呼。人類從來沒有看見過的事，在那長長的一夜裏他看見了。象群和山神的眷顧與他同在。他會長成一個了不起的追踪象跡的人，他會比我還了不起，甚至比我——馬楚阿帕還了不起！他將會跟踪剛留下的痕跡、跟踪很久很久以前留下的痕跡，還有那些不新不舊的痕跡，看得清清楚楚明明白白！在克達裏，他在野象的肚子下面跑來跑去捆綁他們的時候不會受到傷害；如果他不小心滑倒在一頭進攻的公象腳下，公象應該知道他是誰，不去傷害他。哎嘿！我捆住了的主啊，」他衝向那一排木樁，「這個小傢伙，他看到了你們在僻靜的地方跳舞——人類從來沒有看到過的景象他看到了！向他致敬吧，我的主啊！薩拉姆卡羅，孩子們！向馴象師吐瑪依致敬！光嘎柏沙，啊哈！希拉圭，波奇圭，苦塔圭，啊哈！普德迷你——你在舞會上見到他了，還有你，卡拉．那格，大象裏的珍珠！——啊哈！都過來！向馴象師吐瑪依致敬！巴羅！」

他最後的那聲狂喊之後，整整一排大象都揚起了鼻子，鼻尖都碰到了額頭，一起發出最高的敬意，只有印度總督才聽到過的震耳欲聾的聲音——克達裏的薩拉姆特。

不過，這一切都只是爲了小吐瑪依，他看到人類從來沒有看到過的景象——深夜裏象群在加羅山的腹地獨自跳舞。

濕婆和螞蚱

——吐瑪依的母親給孩子催眠時唱的歌

濕婆，他帶來了豐收，他讓風兒吹起，

很久很久以前他坐在門道裏，

分給每種生物食物和份額以及命運和操勞，
從寶座上的國王到門口的乞丐。
　什麼都是他帶來的——我們的保護神濕婆，
大神啊！大神啊！他什麼都做——
駱駝吃荊棘母牛吃草，
媽媽的心給渴睡的你，我的小寶寶！

小麥他給了富人，小米給窮人，
麵包屑給挨門挨戶乞討的聖人；
給老虎吃牛，給禿鷲吃腐肉，
給夜裏沒有牆擋風的狡猾的狼破布和骨頭。
沒有誰他看得太崇高，也沒有誰太低賤——
雪山神女在他身邊看著大家來了又走。
不過為了開開丈夫的玩笑好讓他也把他人欺騙，
她偷了隻小小的螞蚱藏在胸前。

所以她逗著他，我們的保護神濕婆。
大神啊！大神啊！你回頭看看。
駱駝們高大，禿鷲們笨重，
不過這是最不起眼的小東西，我的小寶寶！

分完食物雪山神女笑著說道，
「主啊，一萬萬張嘴裏是不是還有一張沒有餵飽？」
「誰都有份，」濕婆笑著回答，
「包括他，藏在你心口的小東西。」
做小偷的雪山神女從胸前把他拔拉，
看見那最不起眼的小東西在把一片嫩葉啃咬！
看到這她又害怕又驚訝，為濕婆祈禱，
他的確把食物分給了所有的生靈。
什麼都是他帶來的——我們的保護神濕婆
大神啊！大神啊！他什麼都做——

駱駝吃荊刺，母牛吃草，
媽媽的心給渴睡的你，我的小寶寶！

（許宏／譯）

---

①阿富汗戰爭（the Afghan War）——這裏指第一次阿富汗戰爭（一八三八～一八四二）。英國為了阻止俄國得到阿富汗——通往印度的跳板——而發動。一八四二年，英軍在撤向白沙瓦途中，遭到了一些部落的攔截，幾乎全軍覆落。英國當局因而決定全面撤出阿富汗，當年下半年，第一次阿富汗戰爭結束。

②阿比西尼亞（Abyssinia）——現稱埃塞俄比亞，東非國家。國王西奧多大帝（Emperor Theodore）（一八一八～一八六八）用武力統一了全國，一八五五年，由教會授予王冠。在位期間，他試圖革新強國，但是他非常殘暴而且專制。一八六八年，他因禁了一些英國人，當英國因此派出的遠征軍逼迫他的要塞默克達拉時（Maagdala），他自殺身亡。

③濕婆（Shiv，有時也寫作Shiva或Siva）——印度教主神之一。雪山神女（Pabarti）是他的妻子。

第四章　女王陛下的僕人

他們服從命令，就和人一樣。騾子、馬、大象，或者公牛，他們服從他的主人，學人服從他的中士，中士服從他的中尉，中尉服從他的上尉，上尉服從他的少校。少校服從他的中校，中校服從指揮三個團的准將，准將服從他的將軍，將軍服從總督，總督是女王的僕人。事情就這樣。

你可以算出來，通過分式或簡單的三分比例，
但是特威德姆的方法就是不同於特威迪。
你可以擰它，你可以折它，你可以織它直到你鬆手，
但是皮利溫克的方法就是不同於溫克波普。

整整一個月，大雨一直下個不停——下在駐紮著三萬名士兵、幾千匹駱駝、大象、戰馬、公牛和騾子的軍營裏，這些人馬都集結在一個叫拉瓦爾品第的地方，等待印度總督的檢閱。總督正在接待來訪的阿富汗埃米爾——一個非常野蠻王國的野蠻國王；這位埃米爾帶來八百人馬作爲衛隊，這些人和馬一生中還從未見過軍營或火車頭——他們是一群來自中亞腹地某處的野人和野馬。每天夜晚，一片漆黑，這群馬當中總有幾匹要把腳上的繩子掙斷，在軍營的泥地上來回亂竄，要不然就是幾匹駱駝掙脫繩子四處亂跑，被拉帳篷的繩子絆倒，你可以想像這一切對於想睡覺的人是多麼的不愉快。我的帳篷遠離駱駝營地，因此我自認爲很安全；可是，有天夜裏一個人突然把腦袋伸進來喊道：「出來，快！他們來了！我的帳篷都飛了！」

我知道「他們」是誰；所以我穿上靴子和雨衣就衝出帳篷，來到爛泥地上。小維克森，我的獵狐小狗，從另一邊跑了出去；接著就傳來一陣吼叫和嘶鳴聲，然後我就看見我的帳篷隨著中心支柱「喀嗦」一聲折斷就塌了下去，接下來就開始像個瘋鬼似的跳起舞來。原來一匹駱駝跌跌撞撞地闖了進去，儘管我淋著雨正在生氣，見此情景也禁不住笑了。後來我又接著跑，因為我不清楚會有多少匹駱駝掙脫了繩子，不一會兒我就看不見軍營了，獨自在一片泥濘中艱難地跋涉。

終於我摔倒在一門大炮的尾端，由此得知我是在離炮兵營地不遠的某個地方，這裏加農炮夜間就堆在一起。因為我不想繼續在茫茫黑夜中冒雨摸索，我便把雨衣搭在一門大炮的炮口上，然後又找到二、三根通條，用它們支成一平小棚子，便順著另一門大炮的尾端躺下，心中著琢磨維克森跑到什麼地方去了，我又身在何處。

我正準備入睡，忽然聽到一陣挽具的叮噹聲，接著是一聲咕嚕聲，只見一頭騾子抖動著濕漉漉的耳朵從我身邊走過。他屬於一個螺栓炮炮兵連，因為我能聽見金屬帶、環和鏈子以及他鞍褥上的物品碰撞作響。螺栓炮是小型火炮，分兩部分組成，需要使用時就將兩部分擰成一體。這種炮被拖上山，只要螺子能找到路，它們就被拖到哪裏，它們在山岩地區的作戰中非常實用。

騾子後面跟著一匹駱駝，他柔軟的大腳在泥中直打滑，發出嘎吱嘎吱的聲音，他的脖子一伸一縮的，像一隻離群的母雞。很幸運，我能聽懂足夠的獸語——當然不是野獸的語言，而是軍營中的獸語——是從當地人那裏學來的，所以知道他們正講些什麼。

他一定是那個撲通一聲跌進我的帳篷裏的傢伙，因爲他衝著騾子喊道：「我該做什麼？我該去哪兒？我剛剛和一個飛著的東西幹了一仗，它舉起一根長竿打我的脖子。」（**那是指被折斷的帳篷中心支柱，我非常高興知道這一點。**）「我們再接著跑嗎？」

「哦，原來是你們，」騾子說，「你和你的朋友們，在軍營裏鬧翻了嗎？好極了。明天早晨你會因爲這個挨揍，不過，我還是想現在就給你幾下！」

騾子往後退了幾步，照著駱駝的肋骨就是兩腳，發出擂鼓般的聲音，同時我聽見騾子頭上的挽具也叮噹作響。「下一回，」他說，「你應該知道不該在夜間闖入騾子連，亂喊什麼『有賊、著火啦！』坐下，讓你那傻脖子安靜會兒。」

駱駝以駱駝特有的方式縮緊脖子，像一把兩條腿的尺子，然後坐下嗚咽起來。這時黑暗中傳來有節奏的蹄聲，只見一匹高大的戰馬不緊不慢地跑過來，那神態就好像在參加閱兵，戰馬從一門大炮的尾端跳過，在騾子身旁停下。

「真無恥，」他說，一邊從鼻孔裏往外噴氣。「那些駱駝又把我們的營地給攪了——這是本週的第三次了。如果一匹馬得不到休息，他又如何保持良好狀態！誰在這兒？」

「我是第一螺栓炮炮兵連第二門炮拉炮尾的騾子，」騾子說，「另外一個是你的一位朋友。他把我也吵醒了。你是誰？」

「第九長矛輕騎兵團，第五騎兵連，第十五號——迪克．坎利夫的座騎。喂，站開點兒。」

「哦，對不起，」騾子說，「太黑了，啥也看不清。你說這些駱駝是不是太可惡了？我從我的營地走出來，想到這兒來清靜清靜。」

「大人，」駱駝謙恭地說，「我們夜裏盡做惡夢，把我們都嚇壞了。我只不過是第三十九土著步兵團養的一匹駱駝，自然不如你們勇敢，大人。」

「那末，你究竟爲什麼不好好待著，去給第三十九土著步兵團馱給養，卻非要弄得整個軍營亂糟糟呢？」騾子說。

「那些惡夢真是嚇死人了，」駱駝說。「對不起。聽！那是什麼？我們要不要接著跑？」

「坐下，」騾子說，「不然在這些大炮中間會把你的長腿摔掉的。」他豎起一隻耳朵聽了聽。「公牛！」他說，「拉大炮的公牛。說實在，你和你的那些朋友把這個軍營到處都走遍了。要惹惱一頭拉大炮的公牛，可得給他相當的刺激。」

我聽見一條鏈子拖地的聲音，接著就看見一對高大的白色公牛，臉含怒氣。在戰場上，當大象不願再往前走時，那些笨重的攻城大炮就靠這些公牛來拉，這兩頭牛肩併肩地走過來；差點兒踩著鏈子的是另外一匹炮兵連的騾子，嘴裏使勁地喊「比利」。

「那是我們剛招來的新手，」老騾子對戰馬說。「他在叫我啦，好了，小伙子，別叫了。黑夜還從來沒有傷過誰吶！」

這一對公牛一起趴下開始反芻，可是那匹小騾子卻擠到了比利的身旁。

「怪東西！」他說。「怕死人的怪東西，比利！我們都在睡覺，他們就闖進我們的營地了。你看他們會不會殺了我們？」

「我真恨不得狠狠地踢你一頓，」比利說。「一頭快四尺高的騾子，也受過訓練，居然有這種想法，在這位先生前面給炮兵連丟臉！」

「息怒，息怒！」戰馬說。「要知道他們一開始都是這個樣子。我生平第一次見生人時**（那是在澳大利亞，當時我三歲）**就跑了半天，如果我看見的是匹駱駝，只怕我到現在都還在跑哩！」

我們英國騎兵部隊裏，幾乎所有的軍馬，都是從澳大利亞運到印度來的，並且都由騎兵們自己去馴養。

「說的也是，」比利說。「別抖了。他們第一次把帶有全部鏈子的全套挽具放到我的背上時，我就用前腿站著，一點一點地把它們都踢掉。當時我還沒學會真正的蹬踢技巧，可是騎兵連說他們可從沒見過像那樣的。」

「可是這次不是什麼挽具或者叮噹亂響的東西，」小騾子說。「你知道現在我不在乎那個了。那是像樹一樣的東西，它們落在營地裏到處都是，還蹦蹦亂響；後來我的韁繩斷了，我找不到我的趕騾人，也找不到你，所以我就和——和這兩位先生逃出來了。」

「哼！」比利。「我一聽說駱駝扯斷了繩子就獨自走開了，悄悄地。一隻炮兵連——一隻拉螺栓炮的騾子管拉大炮的公牛叫先生，他一定是受到了極度的驚嚇。那兒趴在地上的你們兩位是誰呀？」

那頭拉大炮的公牛把草料捲進嘴裏，齊聲回答：「大炮炮兵連第一門大炮的第七對。我們正在睡覺，駱駝就來了，可等到我們被踩了一腳時，我們就站起來走開了。躺在舒服的鋪草上受打擾，還不如靜靜地躺在泥裏好。我們對你的這位朋友說過沒什麼可怕的，可是他懂得很多，不這麼想。哞！」

他們又接著嚼開了。

「那是由於害怕的結果，」比利說。「你被拉大炮的公牛笑話了。希望你喜歡它，小伙子。」

小騾子的牙齒齜了齜，我聽見他說一點也不怕任何世上壯實的老公牛之類的話；但是那對公牛僅僅蹭了一下角，就又繼續反芻。

「好了，受了驚嚇之後不要生氣啦。那是最膽小的表現。」戰馬說。「任何人在夜裏受到驚嚇都是可以原諒的，本人認為，假如他們看見了他們不能理解的東西。我們也曾經從柵欄裏跑出來過，一而再、再而三地，我們四百五十匹馬呀，僅僅因為一匹新來的馬，開始講述在澳大利亞家中的鞭蛇的故事，後來我們也被自己韁繩下垂的部分嚇得半死哩！」

「在軍營裏那倒是不錯，」比利說；「我自己如果一、兩天不出去蹓蹓也會四處亂跑，就為了好玩；可是你在服役時幹什麼？」

「哦，那完全是另外一碼事，」戰馬說。「那時迪克．坎利夫就騎在我背上，雙膝緊緊地頂著我，而我必須做的就是看準了往哪兒落腳，並保持我的兩條後腿不高於身子，還要聽從韁繩的指揮。」

「什麼是聽從韁繩的指揮？」小騾子問。

「我的乖乖老天爺呀，」戰馬哼著鼻子說，「這麼說在你這一行中，沒人訓練你要聽從韁繩的指揮？韁繩一貼到脖子上你就要能馬上轉身，要是做不到這一點，你怎麼能幹活呢？

這對你的主人來說意味著生存或者死亡，當然對你也是生死存亡的事。你一感到轡繩貼到你脖子上就趕緊把後腿收住轉過身來，如果地方太小不能猛地轉身，你就用後腿立起來一點，然後轉身。這就叫聽從轡繩的指揮。」

「我們可不是那樣訓練的，」騾子比利生硬地說。「他們訓練我們服從我們前頭的主人：他喊齊步走就齊步走，往裏進就往裏進。我想結果都一樣。喏，有了這份非常花俏的差事和後腿站立等一切，這對你的跗關節一定很有害，你具體做些什麼？」

「那要看情況，」戰馬說。「一般來說，我必須在一片叫喊聲中，在手中舉著大刀的粗野人叢中進攻——那大刀明晃晃的，比馬醫手中的刀還可怕——我必須留心讓迪克的靴子剛好擦上旁邊人的靴子而不至於撞上。我能看見迪克的長矛在我右眼的右邊揮舞，我知道我很安全。在迪克和我匆忙之間，有人抵抗我們，我可不願意做那樣的人或馬。」

「那些大刀就不曾傷著誰嗎？」小騾子問。

「這個，有一次我的胸部就挨了一刀，可那不是迪克的錯——」

「假如被刀傷著，我就會非常留心是誰的錯！」

「你必須，」戰馬說。「如果你不信任你的主人，你還是馬上就逃走的好。我們有些馬就是這麼做的，但我們並不責怪他們。正如我剛才說的，那不是迪克的錯。那個人躺在地上，所以我就騰空而起避免踩到他，可他卻向上捅了我一刀。下回如果我必須從一個躺在地上的人身上越過，我一定要踩他——狠狠地踩。」

「哼！」比利說；「這聽起來非常愚蠢。刀子在任何時候都是骯髒的東西。正當的差事還是背上馱一個平穩的馱架爬山，四隻腳都要用力抓地，耳朵也要注意聽，就這樣爬呀爬，一點一點向前爬，直到你比任何其他的同伴都高出幾百英尺，你站在岩架上，那岩架剛夠你的四蹄立在上面。然後你就站著不動，保持肅靜——決不要讓人抓著你的頭，小伙子——在大炮安裝好以後要保持肅靜，然後你就注意看那些紅色的小彈片，飛落到下面很深處的樹頂上。」

「你們摔過跤嗎？」

「他們說，騾子失腳，你就可以把母雞的一隻耳朵分開，」比利說。「偶爾可能會有裝得不穩的馱架把騾子弄翻，可是這極爲罕見。但願我能把我的工作展示給你看看。真美。唉，我花了三年的時間才弄明白人的意圖。這事的技巧在於不要在空曠地帶暴露自己，因爲，假如你暴露了，你就可能要挨槍子。記住這一點，小伙子。要永遠盡可能地保持隱蔽，即使你必須越出常規地走上一英里。每逢那樣的爬行，都是由我來給炮兵連領路。」

「光挨槍子而沒機會衝入開槍的人群中去！」戰馬費勁地思考後說。「我可受不了這個。我還是喜歡衝鋒，和迪克一起。」

「哦，不，你不會的；你知道一旦大炮就位，所有的衝鋒都是他們的事。那是技術的活兒，乾淨俐落；可是刀子嘛——哼！」

馱給養的駱駝一直在伸頭縮腦地動個不停，急切地想插嘴。後來我聽見他清了清嗓子，緊張地說：「我——我——我也打過幾仗，但不是用那種爬山的方式，也不是用那種衝鋒的方式。」

「對。既然你說起來了，」比利說，「你看上去也不像是塊能爬山或者能衝鋒的料——不太像。不過，那是怎麼回事，老乾草堆？」

「正當的方式，」駱駝說。「我們都坐下——」

「哦，我的乖乖！」戰馬嘀咕道。「坐下？」

「我們都坐下——一百來個，」駱駝接著說，「排成一個大四方形，然後那些人就在四方形的外面用我們的背包和馱架壘起來，這樣，他們就趴在我們的背上射擊，人就是這麼幹的，四方形每一邊的人都這樣。」

「什麼樣的人？跟著來的那些人嗎？」戰馬問。「在騎術學校裏他們訓練我們趴下，讓我們的主人站在我們的側面射擊，可是，迪克．坎利夫是我唯一信任他這麼做的人。那樣碰

到我的肚帶，讓我癢癢，再說，除此而外，我腦袋衝下什麼也看不見。」

「管他是誰站在你的側面射擊呢？」駱駝說。「旁邊有很多人和很多其他的駱駝，還有大量的烟霧。那時我一點也不害怕。我就靜靜地坐著等待。」

「可是，」比利說，「你夜裏做惡夢，結果把這座軍營都鬧翻了。」

「唉！唉！在我趴下，不要說坐下，趴下讓人站在我的側面射擊之前，我的腳跟和他的腦袋總要互相說點什麼。你以前聽說過這麼可怕的事嗎？」

接著是一陣長時間的沉默，後來一頭拉大炮的公牛抬起他的大腦袋說：「這的確很蠢。打戰的方法只有一種。」

「喔，說下去，」比利說。「請別在乎我。我猜想你們這幫傢伙是用屁股立著打戰吧？」

「只有一種方法，」兩頭牛齊聲說（他們一定是雙胞胎）。「這就是那種方法。雙尾巴一吼叫就立即把大炮套到我們全部二十對的身上。」（「雙尾巴」是軍營裏大象的俚語，因為大象有條長鼻子之故。）

「雙尾巴吼叫什麼呀？」小騾子問。

「表示他不願意往那邊冒烟的地方再走近一步。雙尾巴是個大軟蛋。那時我們就一起拖那門大炮—嗨呀—呼啦—嗨嗨呀—呼啦！我們既不像貓樣地爬，也不像小牛樣地跑。我們越過平坦的曠野，我們二十對牛，直到有人把我們身上的軛又卸掉，然後我們就吃草，這時大炮就對著曠野那面的某個泥牆的小城轟擊，牆塊紛紛落下，灰塵翻滾上來，那樣子就好像許多頭牛正在回家。」

「那個時間或者任何別的時間。吃總是好事。我們一直吃到重新被套上軛，然後把大炮拖回雙尾巴正在等著的地方。有時城裏也有大炮打過來，這樣我們當中有些牛被就打死了，於是剩下的就吃得更起勁。這是命運——是命運而不是別的。不過，雙尾巴照樣是個大軟蛋。這才是打戰的正當方法。我們倆是來自哈普爾的兄弟。我們的父親是濕婆神的神牛。我們說過。」

「唔，今天夜裏我看是長見識了，」戰馬說。「你們螺栓炮炮兵連的一位先生，當你們在遭到大炮射擊，而雙尾巴又在你們後頭時，你們還有心思吃東西嗎？」

「大概和願意坐下來讓人趴在我們背上，或者願意衝往手拿大刀的人群的情況差不多。我從沒聽過這樣的事。山上有一個岩架，有一駄架裝得平穩的貨，有一個你可以信任的趕騾人讓你自己選擇走哪條路，而我是你的騾子；可其他的事情——瞎扯！」比利說，還跺了一下腳。

「當然，」戰馬說，「每個動物生來就不一樣，我很清楚你們家族，在你父親這一支上，會有大量的事情是理解不了的。」

「決不許你提起我的家族中我父親這一支，」比利憤怒地說，因爲每隻騾子都憎恨被別人提起他的父親是頭驢。「我父親是位南方的先生，他能打倒他碰上的每一匹馬，咬他，把他踢個稀巴爛。記住這一點，你這傻大個生番。」

「生番」是指沒有教養的野馬。只要你想像一下，如果一匹拉車的馬叫蘇諾爾「老瘦筋」，她會有什麼樣的感受，你就可以想像得出那匹澳大利亞戰馬當時感覺如何。我看見他的眼白在黑夜中閃光。

「看這兒，你這進口的馬拉加公驢的兒子。」他從牙縫中說，「我要讓你知道我母親的血統與卡巴因有聯繫，並且是墨爾本杯的得主；你這長著鸚鵡嘴豬腦袋的騾子、你那炮兵連裏都是些耍玩具槍的小槍手，在本人出生的地方，我們不習慣被你這樣的東西隨意蹧蹋。準備好了嗎？」

「站直了！」比利尖叫道。他們倆都用後腿站直了，相向而立。

我正等著一場激烈的搏鬥，這時一個低沉渾厚的嗓子從右邊的黑暗處喊了一聲：「孩子們，你們在那兒嚷嚷什麼啦？安靜。」

兩頭畜生迅速低下身子，鼻子裏氣憤地哼了一聲，因爲無論是馬還是騾子，聽到大象的聲音都受不了。

「是雙尾巴！」戰馬說。「我受不了他。一頭一條尾巴是不公平的！」

「我的看法完全一樣，」比利說，一邊擠過去和戰馬站在一起。「在某些事情上我們的看法非常相似。」

「我想我們是從我們的母親身上繼承下來的，」戰馬說。「那件事不值得一吵。喂！雙尾巴，你是拴著的嗎？」

「是的，」雙尾巴說，從他那長鼻子上端發出一聲大笑。「我被關在柵欄裏過夜。你們這幫傢伙所說的我都聽見了。但是不要害怕。我不會過來的。」

兩頭公牛和駱駝說，聲音半低不高地：「害怕雙尾巴——真是胡扯！」然後兩頭牛接著說：「很抱歉你都聽見了，可那是真話。雙尾巴，你爲什麼在他們開炮時害怕大炮？」

「這個，」雙尾巴說，一邊用一條後腿去蹭另一條後腿，那樣子和小男孩背詩極爲相似，「我不太清楚你們是否會明白。」

「我們不明白，可是我們不得不拉大炮。」公牛說。

「這我知道，我還知道，你們比你們自己想像的要勇敢得多。但我就不同了。我的連長那一天叫我厚皮動物過時症。」

「那是另外一種打戰方式，我猜想？」比利說，他正在恢復情緒。

「你不知道這是什麼意思，那很自然，可是我知道。那意思是不前不後，那正是我目前處的狀況。我在腦袋裏能夠看清楚炮彈爆炸後會發生什麼事；但你們公牛就不能。」

「我能，」戰馬說，「至少能一丁點。我克制自己不去想它。」

「我要比你看得更清楚，而且我就是老想它。我知道我身上有許多地方需要照顧，我還知道只要我一病倒，就沒人知道如何治療，他們所能做的就是停發我主人的軍餉，直到我病好爲止，我不能信任我的主人。」

「啊！」戰馬說。「這就是原因。我能信任迪克。」

「你就是把整整一個團的迪克都放到我背上，也無法讓我感覺更好一些。我懂得的剛夠知道不舒服，卻還不足以不顧它而繼續前進。」

「我們不明白。」兩頭牛說。

「我知道你們不明白。我不是對你們說的。你們不知道血是什麼？」

「我們知道，」兩頭牛說。「就是滲進地裏有腥味兒的紅色東西。」

戰馬踢了一下腿，跳了一跳，還打了個響鼻。

「別說血，」他說，「現在只要一想起它，我就能聞見那味兒。這東西讓我想跑——現在迪克又不在我背上。」

「可是這兒又沒血，」駱駝和兩頭牛說。「你為什麼這麼蠢？」

「那東西骯髒，」比利說。「我不想跑，但我不想談論它。」

「原來你在這兒！」雙尾巴說，一邊甩著尾巴解釋。

「當然，是的，我們在這兒待了一夜了。」兩頭牛說。

雙尾巴跺起腳，腳上的鐵環隨之叮噹作響。「哦，我不是在跟你話說。你們腦袋裏是看不清的。」

「不！我們是用四隻眼睛來看的，」兩頭牛說，「我們朝我們的正前方看。」

「假如我能做到那一點而不會其他別的。那就根本用不著你們來拖大炮了。假如我像我的連長那樣——在開炮之前他就能在腦袋裏把事情看清楚，他還渾身發抖，但是他知道得太多而不能逃跑——假如我要像他，我就能拉大炮。但是，假如我真那麼聰明，我也就決不會在這兒。我就會是森林中的一個國王，像以為的那樣，一天當中半天睡覺，高興時就洗個澡。我已經有一個月沒有好好洗澡了。」

「那倒固然不錯，」比利說；「可是一件事繞來繞去，並不能使它美化。」

「噓！」戰馬說，「我想我明白雙尾巴的意思了。」

「你們馬上就會更明白，」雙尾巴憤怒地說。「嗳，你倒是跟我解釋一下，你爲什麼不喜歡這樣！」

他開始扯開嗓門，瘋狂地吼叫起來。

「停止！」比利和戰馬齊聲說。我能聽見他們跺腳顫抖。大象的吼叫總是讓人心煩，在黑夜裏尤其如此。

「就不停，」雙尾巴說。「你還不解釋嗎？嗯啊！啊！嗯啊！啊哈！」然後他突然停住了，這時我聽見黑暗處隱隱地傳來一聲汪汪的叫聲，我就知道維克森終於找到我了。她和我一樣清楚，如果世上有一樣東西，讓大象感到比任何其他東西都更害怕，那就是一隻汪汪叫的小狗；所以她就停下來，鑽通柵欄裏去威脅雙尾巴，繞著他的大腳叫個不停。雙尾巴在泥裏滑來滑去，高聲尖叫。「滾開，小狗！」他說。「別在我的腳脖子上嗅來嗅去，不然我就踢你了。好小狗——乖小狗，噢！回家去，你這亂咬的小畜生！哦，爲什麼沒有人把她帶走？她快要咬我了。」

「依我看，」比利對戰馬說，「我們的朋友雙尾巴害怕大部分東西。哎，我在走過閱兵場時踢過的每條狗都吃很飽，如果把餵他們的都給我吃，我就會長得和雙尾巴差不多胖。」

我吹了聲口哨，維克森就朝我跑過來，渾身是泥，她舔了舔我的鼻子，還把她在軍營裏四處找我的經過詳細地說了一遍。我從來沒有讓她知道我能聽懂獸類說話，否則她會表現得過於隨便。所以我解開衣釦把她塞進我外套的胸部。這樣雙尾巴就獨自在那兒滑來滑去，跺腳、咆哮了。

「了不得！真是了不得！」他說，「他跟我們家族作對。唉，那個討厭的小畜生跑到哪兒去了？」

我聽見他用他的長鼻子在四周摸索。

「我們大家似乎在不同的方面都受到影響，」他接著說，鼻子往外噴著氣。「喔，在我吼叫時，你們幾位先生都心慌了吧，我相信。」

「不是心慌，確切地說，」戰馬說，「但是它讓我感覺像是，在放馬鞍的地方，老是有幾隻大黃蜂。」

「我害怕小狗，而這兒的駱駝被夜裏的惡夢給嚇住了。」

「我們非常幸運，大家不必以相同的方式打仗。」戰馬說。

「我想知道，」小騾子說，他已經好長時間沒作聲了——「我想知道的是，我們到底爲什麼非要打仗呢？」

「因爲我們被告知這樣做。」戰馬說，鼻子裏輕蔑地哼了一聲。

「命令。」騾子比利說，他的牙齒齜了一齜。

「呼姆嗨（這是一個命令）！」駱駝咯咯地說。雙尾巴和兩頭牛重複道，「呼姆嗨！」

「對，可是誰下達命令呢？」新來的騾子說。

「在你前頭走的那個人——或者坐在你背上的——或者牽著你的鼻繩的——或者揪著你的尾巴的。」比利、戰馬、駱駝和兩頭牛一個接一個地說。

「可是誰又向他們下達命令呢？」

「哼，你想知道的太多了，小伙子，」比利說，「那是一種找踹的方法。你要做的就是服從你前頭的那個人，而不要提什麼問題。」

「他說得很對，」雙尾巴說，「我做不到永遠服從，因爲我是搖擺不定的；可是比利是對的。要服從你身邊那個下命令的人，不然，你除了要挨鞭子外，還會妨礙整個連隊。」

那兩頭拉大炮的公牛站起身要走。「天快亮了，」他們說。「我們要回我們的營地去了。的確我們只是用我們的四隻眼睛來看東西。我們也不很聰明；可是儘管如此，我們是今天晚上唯一沒有害怕的人。晚安，勇敢的人們。」

誰也沒有答話，於是戰馬為了轉換話題說：「小狗在哪兒？有狗就表明附近有人。」

「我在這兒，」維克森叫道，「炮尾下面和我的主人在一起。你這傻大粗笨的駱駝，你，你把我們的帳篷給掀翻了。我的主人非常生氣。」

「唷！」兩頭牛說。「他一定是白人吧！」

「那當然，」維克森說。「你以為我會被一個趕牛車的黑人照顧嗎？」

「哇！哎呀！喲！」兩頭牛說。「我們快點逃吧！」

他們在泥地上向前猛衝，不知怎地將軛套到了彈藥車的車轅上，那輛牛車陷在泥裏不能動彈。

「這下你可惹禍了，」比利平靜地說，「別掙扎了。到天亮你們也出不來。這到底是怎麼啦？」

兩頭公牛突然發出一陣印度牛特有的長時間嘶嘶的鼻息聲，一邊推開其他動物往前擠，側著身子使勁，踩著腳，腳下直打滑，差點跌進泥裏，一邊猛烈地發出呼哧呼哧的喘息聲。

「你馬上就會把脖子給弄斷的，」戰馬說，「白人怎麼啦？我就和他們生活在一起。」

「他們——吃——我們！使勁！」靠左邊的那頭牛說；牛軛喀嗦一聲斷了，他們重重地摔在了一起。

我以前從來不知道是什麼使得印度牛如此害怕英國人。我們吃牛肉——趕牛人從來都不沾牛肉——當然牛不會喜歡英國佬。

「我是不是要用自己的腳鏈抽自己一頓！誰會想到兩個這樣的大塊頭竟會慌成一團。」比利說。

「別在意！我來看看這個人。大多數白人，我知道，衣袋都有東西。」戰馬說。

「我要離開你們了，那麼。我不能說我自己十分喜歡他們。再者，無處夜宿的白人十有八九是賊，而我的背上還有大量的政府財產。跟我走，小伙子，我們回咱們的營地去。晚安，老乾草堆！——要試著控制你的情緒，好嗎？晚安，雙尾巴！如果你明天在閱兵場上從我們身邊走過，不要吼叫。那會破壞我們的隊形。」

騾子比利蹣跚著走開了，一路大搖大擺慢騰騰地走，擺出一副身經百戰的老兵的姿態。這時戰馬的頭伸過來，他把鼻子伸進我外套的胸部，我就把餅乾拿給他；同時維克森，這條極為自負的小狗，對他撒謊說她和我養了許多匹馬。

「明天我坐我的雙輪馬車去觀看閱兵。」她說，「你會在哪兒？」

「第二中隊的左手邊。我為整個騎兵連定時間，小姐。」他有禮貌地說，「現在我必須回到迪克身邊去。我的尾巴上盡是泥，他要辛苦地花上兩小時，打扮我參加閱兵。」

全部三萬人參加的大閱兵在那天下午舉行，維克森和我占了一個好位置，靠近總督和阿富汗埃米爾。這位埃米爾頭戴高高的俄國羔羊毛大黑帽，中間鑲著一顆碩大的鑽石星。閱兵的前半部分進行時，天空中陽光燦爛，幾個團的部隊一批接一批地通過，腿都一齊邁步，槍都連成一條直線，直看得我們眼睛發花。接著騎兵走過來，踏著優美的騎兵進行曲「寧靜的敦提」，維克森坐在雙輪馬車上，豎著耳朵聽。長矛輕騎兵第二中隊跑過來了，我看到了那匹戰馬，他的尾巴像紡絲，他的頭低到胸部，耳朵一隻朝前一隻朝後，他爲他的整個中隊定時間，他的腿走起來平穩得像跳圓舞曲。接著大炮群走過來了，我看見雙尾巴和另外兩頭大象並排套在一門發射四十磅重炮彈的攻城炮上，後面跟著二十對公牛。第七對牛的脖子上是副新軛，他們顯得僵硬而疲憊。最後過來的是騾栓炮，騾子比利擺出一副統帥全軍的姿態，他的挽具上過油並且擦得鋥亮。我獨自爲騾子比利發出一聲歡呼，可是他一點也沒向左右張望。

雨又開始下起來了，一會兒就下成朦朦一片，看不清部隊在幹什麼。他們剛才已經在平地上排成一個在大半圓形，現在向外展開成一條直線。那條線在擴展，擴展，擴展到兩翼之間長達四分之三英里——變成一面由人、馬和大炮組成的堅實的牆壁。然後這面牆就衝著總督和埃米爾走過來，等他們走近時，場地開始顫動，就像發動機飛轉時輪船上的甲板一樣。

除非你曾身臨其境，否則人無法想像得出，那麼多部隊迎面開過來，對觀看者會產生一種多麼可怕的影響，儘管他們知道這只不過是次閱兵。我看看埃米爾，在那之前，他沒有露出一絲驚恐的影子或什麼別的神情，可是現在他的雙眼開始瞪得愈來愈大，他還抓起他的馬脖子上的韁繩，朝他的身後張望。有一陣子他看上去似乎要拔出佩劍，從他身後坐在馬車上的英國男人和女人叢中殺開一條路衝出去。就在這時，前進的部隊陡然停了下來，場地不再顫動，整條線一齊敬禮，三十個軍樂隊開始齊聲演奏。閱兵就這樣結束了。參閱部隊冒雨回到各自的營地；後來一支步兵軍樂隊敲打起來：

動物走進去成雙成對，
呼兒嗨！
動物走進去成雙成對，
大象和炮兵連的騾子，
他們全都躲進了方舟，
為了躲避淋雨！

後來我看見一位留著花白長髮的中亞首領，他是陪那位埃米爾一起來的。我聽見他問一位當地的軍官。

「請問，」他說，「這件奇妙的事情，是靠什麼方法做到的呢？」

那個軍官就回答道：「下過一道命令，他們就服從了。」

「可是那些畜生也和人一樣聰明嗎？」首領問。

「他們服從命令，就和人一樣。騾子、馬、大象，或者公牛，他們服從他的主人，學人服從他的中士，中士服從他的中尉，中尉服從他的上尉，上尉服從他的少校。少校服從他的中校，中校服從指揮三個團的准將，准將服從他的將軍，將軍服從總督，總督是女王的僕人。事情就這樣。」

「在阿富汗要是這樣多好！」首領說，「因為在那兒，我們只服從自己的意志。」

「就是因為這個原因，」當地的軍官說，一邊捻著他的鬍鬚，「得不到你們服從的埃米爾，必須來這兒接受我們總督的命令。」

軍營動物閱兵隊歌

◎大炮隊的大象

我們借給亞歷山大以赫拉克勒斯的神力，
以我們膝蓋的靈活，以我們前額的智慧；
我們俯首以盡職，頸項再未得自由——
前進，為了十隻腳的隊伍，
為了四十磅級的大炮！

◎拉大炮的公牛

套上挽具的英雄們躲避加農炮彈，
他們懂點炸藥就害怕，個個全這樣；
這時我們就出動，拉著大炮往前拱——
前進，為了二十對公牛，
為了四十磅級的大炮！

◎騎兵的戰馬

憑我肩上的烙印，曲調最動聽，
吹奏者是長騎兵、輕騎兵和龍騎兵，
美妙賽過「馬廄」或「流水」，
騎兵進行曲「寧靜的敦提」！
然後餵我們馴我們，駕馭和照料，
給我們優秀的騎手和大量的時機，
把我們投入中隊的行列再瞧瞧——
戰馬的行進踏著「寧靜的敦提」！

◎拉騾栓炮的騾子

俺和我的伙伴們正在攀登小山頭，
道路在滾石中迷失，可我們照樣往前走；
因為我們能爬會攀，小伙子，還能到處轉彎，
爬到山頂真高興，一兩條腿仍舊有勁！

每個中士都交好運，那麼，只要讓我們自己挑路途！
所有的趕騾人都交壞運，如果不會裝貨物！
因為我們能爬會攀，小伙子，還能到處轉彎，
爬上山頂真高興，一兩條腿仍舊有勁！

◎馱給養的駱駝

我們沒有自己的駱駝小調，
來幫我們一路吟哦，
但每個頸項都是一把長毛的長號，
（滴—答—答—答—就是長毛的長號！）
這就是我們的隊列之歌：
不能！不幹！不願！不會！
一個一個往下遞！
有人的包從背上一直溜下腰，

但願它是我一人的！
有人的貨在路上就翻到——
為停下來爭吵而叫好！
嗚！啊呀！嘎！啊！
有人把它撿走了！

◎全體動物齊唱
我們都是軍營的孩子，
每人服役都傾盡其力；
牛軛和刺棒的孩兒，
背包和挽具，鞍墊和重貨。
看我們的隊伍排列在平原，
好似腳繩折了幾遍，
展開，蠕動，伸向遠方，

掃除一切去參戰！
可是走在我的身旁人們，
一身塵土，沉默不語，眼睛無神，
竟說不出他們和我們到底——
為何要行軍受罪，日復一日。
我們都是軍營的孩子，
每人服役都傾盡其力；
牛軛和刺棒的孩兒，
背包和挽具，鞍墊和重活。

（陳家林／譯）

第五章　莫格立的兄弟們

莫格立站了起來，胸中是滿腔怒火和憂傷，因為自己一直像隻狼，狼群從前也從未向他說過他們如何恨他。

「叢林的門對我關上了，我必須忘了你們的話和你們的友情；但是我會比你們更有同情心。因為我雖然與你們血緣不同，卻親如兄弟，我許諾如果我和人生活在一起作人，我決不會像你們出賣我那樣去把你們出賣給人。」

禿鷲把夜晚帶回了家
蝙蝠開始自由飛翔——
牛群被關進牛欄和小屋，
黎明才能獲得自由。
這是驕傲和力量，
爪和牙的時刻。
哦，聽聽這呼喚！——要正當捕獵
它維繫著叢林法則！

——**叢林夜曲**

天氣很暖，狼爸爸在西昂尼山上已睡了整整一個白天，直到傍晚七點才起來，撓撓身體，打了個呵欠，依次舒展著四隻爪子，想把睏意從爪端逼出去。狼媽媽臥在地上，用灰色的大鼻子攏住又滾又叫的四隻小狼崽。月光灑進了他們棲居的洞口。「噢！」狼爸爸吼了一聲，「又該去獵食了」，他正想跳下山去的時候，一個尾巴蓬鬆的小影子跳過了門檻，嚷道：「哦，頭狼，祝你好運；願好運和銳利的白牙永伴貴子，願他們永遠不會忘記這世上還有幾餓。」

來者是豺狼塔巴奇，一個舔盤底的傢伙——因為他四處亂竄惡作劇，傳閒話，還吃村裏垃圾堆的爛布和碎皮，所以印度的狼都很瞧不起他。不過和叢林裏的其他動物相比，塔巴奇最容易發瘋，而且一犯瘋就忘了自己還怕誰，在叢林裏到處亂竄，見什麼都咬，所以大伙兒也挺怕他，甚至連老虎都躲著他，為什麼發瘋是件最不光彩的事兒，它能讓野獸完全失去理智。我們稱之為狂犬病，但是叢林裏動物喊它蒂瓦尼——也就是瘋狂——喊完就飛奔而去。

「進來瞧瞧，」狼爸爸口氣很生硬，「不過這兒沒什麼吃的。」

「對於狼來說是沒有，」塔巴奇說：「但是對於我這麼卑賤的人來說，一塊乾骨頭就是頓美餐了。我們這些吉杜爾－洛格（豺狼）有什麼可挑剔的呢？」他一溜煙跑到了洞穴後面，找到了一塊還帶點肉的公羊骨頭，坐著放聲大啃了起來。

「真是一頓美餐，非常感謝，」他說，舔了舔舌頭。「貴公子多漂亮啊！瞧他們眼睛多大！還這麼年輕！的確，的確，我好像記得王侯的孩子生下來就是好種。」

塔巴奇和大伙兒這會兒都明白，當著孩子的面稱讚他們是件糟糕透頂的事。看見狼爸爸和狼媽媽一臉不安，塔巴奇心裏美滋滋的。

塔巴奇一聲不吭地坐著，體味著惡作劇的快樂，然後惡狠狠地說道：

「西里汗大王已經改變捕獵區了。他告訴我說下個月他要在這幾座山裏獵食。」

西里汗是頭老虎，住在二十英里外的韋恩根格河邊。

「他沒這個權利！」狼爸爸氣呼呼地說——「根據叢林法則，事先不打招呼，他沒有隨便搬家的權利。他會把方圓十英里內所有的獵物頭領都嚇跑的，我——這些日子我還得在這兩英里的地帶內捕獵。」

「西里汗他媽可不是無緣無故喊他稜格里（瘸子）的，」狼媽媽平聲靜氣地說道。「他生下來就瘸了一條腿，所以只能獵牛。現在韋恩根格的村民對他恨之入骨，他卻又來這裏惹我們這兒的村民生氣。西里汗一走遠，村民就會清叢林並且放火燒草，我們和孩子就得逃命去。的的確確，我們可得好好感謝西里汗啊！」

「需要我代爲轉告你們的感激之情嗎？」塔巴奇問道。

「滾！」狼爸爸一聲怒喝，「跟你的主子捕獵去吧。今晚你已經把壞事做盡了。」

「我走，」塔巴奇平靜地答道。「你可以聽聽西里汗在下面灌木叢裏的吼聲，剛才我也許忘了發布這條消息了。」

底下有個通向小河的山谷，狼爸爸聽見那裏傳來了餓虎乾裂、惱怒、單調震耳的哀叫聲，這隻老虎什麼也沒吃上，卻毫不在乎是否整個叢林都知道這事。

「這個傻瓜！」狼爸爸說。「剛開始晚上的行動就弄出這麼大聲響！難道他以爲我們這兒的公羊和韋根格的肥公牛是一碼事呢！」

「哼！今晚他要吃的既不是什麼公牛也不是什麼公羊，」狼媽媽說，「是人。」哀嚎聲變成了嗚嗚聲，似乎從下里到處傳來。這種聲音常常迷惑那些伐木者和睡在林間空地的吉普賽人，有時會誘使他們誤入虎口。

「是人！」狼爸爸說，驚得張開大嘴露出了滿口白牙。「哇！難道他非得吃人不可！池塘裏的甲殼蟲和青蛙不夠他吃嗎？還非要在我們的地盤吃？」

叢林法則強調做什麼事都得有理由，它嚴禁任何野獸吃人，除非這樣做的目的是爲了教孩子們如何捕殺，而且捕殺必須要在本群體捕獵地盤之外的區域進行。其實這麼規定的真正原因是，獸吃人意味著白人遲早會提著槍騎在象背上來到叢林，還有數以百計的棕色人種惦著鑼，帶著火箭，舉著火把前來圍剿。這樣一來，叢林裏誰都得遭殃，可是眾獸們也給自己準備了理由，說人在所有生物中最弱，最沒自衛能力，攻擊人有失風範。他們還說——真是那樣——吃人會長疥癬，而且牙會掉光。

嗚嗚聲愈來愈響，最終虎衝了上去，「啊」地大叫起來。

接著傳來了西里汗淒厲的長嚎聲——嚎聲一點不像虎。「他撲空了，」狼媽媽說。「在撲什麼呢？」

狼爸爸跑出去幾步，聽見西里汗氣沖沖地滿口咕噥，在灌木叢裏，四處翻滾。

「這個傻瓜真是蠢到家了，竟然撲向伐木人的營火，燒了自己的腿，」狼爸爸說道，又嘀咕了一句。「塔巴奇跟著他。」

「有東西上山，」狼媽媽說，豎起了一隻耳朵。「作好準備。」

灌木叢裏有點沙沙的響動聲，狼爸爸低下身來蹲坐著，隨時準備躍起。如果你一直在觀察，你會見到世界上最奇妙的事——狼跳在半空查看目標。在看清跳向的目標之前，他已蹦了起來，然後努力想停下來。結果他直直地向上跳了四到五英尺，幾乎是準確地又落在了起跳處。

「人！」他喊道。「是個人崽，瞧啊！」

他面前低矮的樹枝上，站著個光溜溜的棕皮膚小孩，他剛會走路——嬌嫩嫩樂呵呵的小傢伙竟然在深夜來到了狼窩。他抬起頭盯著狼爸爸的臉，笑了。

「是人崽嗎？」狼媽媽問。「我可從沒見過。把他帶這兒來。」

狼習慣了用嘴叼著狼崽，如果有必要，他能含著蛋而不會把蛋弄碎。因此儘管狼爸爸嘴叼著小孩的背，牙卻連孩子的皮都沒蹭一下。他把孩子放進了狼崽堆裏。

「這麼小的傢伙！光溜溜的！嗯——還特大膽！」狼媽媽輕聲輕語地說道。小孩正在狼崽堆裏擠來擠去想湊近暖和的一邊。「啊哈！他在和其他幾個小傢伙一起搶吃的。既然是個人崽。有哪隻狼吹噓過把人崽和狼崽一起養嗎？」

「我偶爾聽說過這種事，不過從沒聽說我們這群狼或者這些年來有誰養過，」狼爸爸說。「他不長毛，我只要輕輕一腳就能踢死他。瞧，他在向上看，一點兒也不害怕。」

這時西里汗的方頭寬肩伸進洞口遮住了月光。塔巴奇跟在後面，尖叫著說：「我的王啊，我的王，他從這兒進去啦！」

「西里汗真給我們面子，」狼爸爸說，瞪著一雙憤怒的眼睛。「西里汗想要些什麼呢？」

「要我的獵物。一個人崽跑這兒來了，」西里汗說。「他的父母已經逃了，把孩子交給我。」

狼爸爸說得不錯，西里汗跳進伐木者的營火裏燒傷了腳，痛得怒火中燒。不過狼爸爸知道這個洞口太窄，老虎進不來，他的肩膀和前爪夾在那兒極力爭取空間，就像人在桶裏搏鬥的情形一般。

「狼是自由的個體，」狼爸爸說。「他們只聽從狼群首領的號令，而不聽渾身長滿條紋，吃牛的傢伙的調遣。人崽是我們的——殺不殺他由我們自己決定。」

「你們決定殺還是不殺！這是什麼無稽之談！我殺頭牛，還要站在你們的狗窩前請求批准得到我該得到的利益嗎？是我，西里汗，在說話！」

虎的吼聲震得洞穴如打雷一般。狼媽媽撇開了身邊的狼崽子，跳上前去，她的雙眼像黑暗中兩個綠色的月亮，直盯著西里汗冒火的雙眼。

「是我，拉克莎（**魔鬼**）在回答你。稜格里，這個人崽是我的——我的就是我的！我不會殺他。他要和狼群一起生活玩耍，捕獵；最終，他會捕殺你！瞧瞧你自己，捕殺光溜溜的小孩子的東西——吃青蛙——還吃魚。現在趕快滾，要麼我就以我殺死的那頭黑鹿的名義起誓（**我可不吃餓死的牛**），你給我回到你媽身邊去，這個叢林裏的笨蛋，被火燒傷的野獸，我要讓你比剛來到這個世上的時候更瘸！」

狼爸爸吃驚地在一邊瞧著。他幾乎忘記了從前的歲月，當年他與五隻狼決鬥才贏得了狼媽媽的歡心，那一陣狼群稱狼媽媽爲惡魔，決不是在恭維她。西里汗也許敢和狼爸爸鬥，但是他決不敢和狼媽媽較量，因爲他清楚狼媽媽有熟悉地形的優勢，會和他拚個到死爲止。於是他咕噥著退出洞口，一脫身就高聲嚷道：

「每條狗都在家門口叫得響亮！我們走著瞧，看看狼群如何處理你收養人崽的事。人崽是我的，他最終一定得進我的牙縫，你們這些毛尾賊！」

狼媽媽喘著粗氣，在狼崽身邊趴了下來，狼爸爸嚴肅地對她說：

「西里汗說的倒是實話。一定得讓孩子和狼群見面。孩子他媽，你還想留著他嗎？」

「留著！」她嘆了口氣說。「他大夜晚光著身體，餓著肚子一個人來到這裏；但是一點也不怕！瞧，他已經把咱們的一個孩子推到一邊去了。如果我們不留他，那個瘸腿的屠夫就會殺了他，然後逃回韋恩根格，這裏的村民就會報復我們，獵殺我們這兒的野獸，留他嗎？當然要留。小青蛙，乖乖地躺著吧！哦，你這個莫格立（青蛙）——我以後就喊你青蛙莫格立——總有一天你會像西里汗今天獵捕你一樣去獵捕他的。」

「但是狼群會怎麼說呢？」狼爸爸問。

叢林法則規定每個成家的狼都可以退出他原來所屬的狼群；但是狼崽能站起來的時候，他必須把他們帶到狼群大會上讓其他的狼過目認識一下。大會通常在滿月時召開，一月一次。過目之後，狼崽們就可以隨心所欲地到處跑了。在他們能獨立捕殺第一隻公羊前，狼群裏的老狼不能以任何藉口殺狼崽。否則對此的處罰是發現凶手立即處死。只需簡單想想，你就會明白必須這麼辦。

狼崽們漸漸能跑了，在狼群開會的一個晚上，狼爸爸帶著他們、莫格立和狼媽媽一起

來到了會議岩——這是個小山頂，鋪滿了石塊和鵝卵石，可以容納一百隻狼。了不起的灰色孤狼阿拉克舒展著身體躺在岩石上，他憑藉力量與計謀當上了狼群的頭頭。他下面坐著大小色澤不一的四十餘隻狼，有毛皮色和獾相同的老狼，他們能獨自咬死一隻公羊，還有黑色的三歲小狼，他們覺得自己也有這個本事。迄今孤狼已作了一年的領袖。年輕的時候，他曾經兩度落入人設下的捕狼陷阱，有一次還被打得只剩了一口氣；他因此了解了人類的規矩和習俗。岩石上語音稀稀。狼爸爸和狼媽媽們圍成圈，狼崽們在中間滾成一團，時不時會有隻老狼悄悄地走上前細細地打量狼崽，然後又悄悄回到原處。狼媽媽們不時將孩子推向月光明亮處，以免自己的孩子受了冷落。岩石上的阿克拉則大聲喊著：「你們懂法則——你們懂法則。好好瞧瞧，哦，狼們！」焦急的媽媽們也會跟著喊：「哦，狼們，瞧好了！」

最後——這會兒狼媽媽脖子上的鬃毛都豎了起來——狼爸爸把青蛙莫格立（**他們就這麼喊他**）推到了圈中央，莫格立就在哪兒笑嘻嘻地玩著在月光下閃閃發亮的卵石。

阿克拉從沒把頭從爪上抬起，只是不停地喊著：「看好了！」忽然從岩石後面傳來了一陣低沉的吼聲——那是西里汗在喊叫：「人崽是我的。把他交給我。自主的狼群和人崽有什麼關係？」阿克拉甚至連耳朵都沒動過，只是說：「哦，狼們，看好了！我們自主的狼群和別人發出的命令有什麼關係呢？看好了！」

底下是一陣低沉的吼聲，一隻四歲的狼又向阿克拉提出了西里汗的問題：「自主的狼群和人崽有什麼關係呢？」事情到了這個地步，叢林法則規定，如果大會對是否收留小孩有異議，就必須至少有大會的兩位成員替他說話，但是這兩人不能是他的父親或母親。

「誰願爲這個孩子說話？」阿克拉問。「自主的狼群裏有沒有？」沒有人回答。如果事情必須由決鬥來解決，狼媽媽已作好最後一搏的準備。

就在這時候，唯一一位被允許參加狼群會議的非狼類動物，巴魯——也就是那個長著棕色皮毛，整天睡眼惺忪的狗熊，他負責責教狼崽們叢林法則：因爲這個老巴魯只吃堅果、樹根和蜂蜜，所以他想去哪兒都沒人管——屈著後腿直起身子咕噥了一聲。

「人崽——是人崽嗎？」他問，「我爲這個小傢伙說話。人崽沒什麼害處。我沒有語言天才，但是我說的是真話。讓他和大伙一起玩吧，讓他和其他人一起加入這個行列。我會親自教他的。」

「我們還需要一個說話的，」阿克拉說。「巴魯已經說了，他是孩子們的老師。除了巴魯還有誰？」

一個黑影跳進了圈裏，是黑豹巴格希拉，混身上下墨一般地黑，身上的斑紋頗像波紋綢。誰都認識巴格希拉，也沒有人會去阻礙他做事；因爲他和塔巴奇一樣狡猾，和野水牛一樣勇猛，和受傷的大象一樣什麼都不在乎。但是他的聲音就像蜜從樹上滴落一般，皮比絨毛還細軟。

「哦，阿克拉，還有你們這些自主的狼群，」他低聲說道，「在你們的大會上我沒有什麼權利；不過叢林法則規定，如果對收留小孩與否有爭議，而又不牽涉生死決鬥的問題，就可以出價買小孩的命。法則並沒規定誰能或誰不能出這個價。我說的對嗎？」

「對！對！」年輕的狼們吼道，他們總是覺得肚子餓。「聽巴格希拉的。可以出個價買這個孩子的命。法則是這麼規定的。」

「我知道我在這兒沒權說話，所以先請求你們的批准。」

「說吧。」二十個聲音喊道。

「殺個光溜溜的孩子是個恥辱。而且，他長大以後對你們會很有用的。巴魯已經替他說話了。在巴魯的話的基礎上，我再加一頭牛，一頭新殺的肥牛，離這兒不到半里，條件是你們要遵照法則收留這個人崽。有什麼難處嗎？」

幾十個聲音滙在一起說道：「這有什麼呢？冬天下雨會淋死他，夏天的烈日會晒死他，一個光溜溜的青蛙能帶給我們什麼麻煩？讓他和狼群一起玩吧。牛在哪兒，巴格希拉？我們收下他。」接著傳來了阿克拉低沉的吼聲：「看好了，看好了，狼們！」

莫格立依然沉醉於玩卵石中，並沒有注意到過來看他的一隻隻狼。最後狼群都下山去找死牛去了，只剩下阿克拉，巴格希拉、巴魯、莫格立、還有幾個狼朋友。西里汗夜裏還在嚎叫，他很生氣，莫格立又沒有交給他。

「啊，吼去吧，」巴格希拉輕聲說道，「總有一天，這個光溜溜的傢伙會讓你的吼聲變個調的，要嘛就是我太不了解人了。」

「幹得好，」阿克拉說，「人和他們的孩子都很聰明。關鍵的時候他會是個好幫手。」

「的確，需要的時候他會是個好幫手；沒有誰能永遠領導這個狼群。」巴格希拉說。

阿克拉什麼也沒說。他在想，每個狼群的首領都會有衰老的時候，身體愈來愈虛弱，直到最後被其他的狼拚死，然後出現一個新的首領——最終又被拚死。

「把他帶走吧，」他對狼爸爸說，「把他訓練成一個稱職的自由個體。」

就這樣，以一頭牛和巴魯的好話爲代價，莫格立被西昂尼狼群收下了。

這會兒，你一定很樂意跳過十或十一年，只是猜想一下莫格立和狼待在一起的好日子就行了，因爲如果把這些事都寫下來，幾本書恐怕也不夠。他和狼崽們一同成長，儘管狼崽們在他長成孩子前就得進入了他們的成年。巴魯給他講解叢林事宜和萬物的意義，直到後來草的每次沙沙聲，晚上暖空氣的每次流動，頭上貓頭鷹的每個音符，停在樹上片刻的蝙蝠爪子

的每次搔抓，池裏每條小魚的每次撲騰對他都有了豐富的含義，就像辦公室的每項業務對生意人都有意義一樣。

他不學習的時候，就坐在太陽底下睡覺，醒來後吃飯，吃完後又去睡；感到身上髒了或是熱了，他就去林中的池塘游水；想吃蜂蜜（巴魯告訴他蜜和堅果和生肉一樣好吃），他就爬樹去取，他爬樹的本領是巴格希拉教的。巴格希拉則常常躺在樹枝上喊他：「過來，小兄弟！」開始莫格立還像樹獺那樣緊緊地抓著樹幹，後來就像灰猿一樣勇敢地在樹枝間飛來蕩去了。

狼群會合的時候，他在會議岩上也有了位置，他發現無論是哪隻狼，只要自己緊盯他一會兒，那狼就會被迫垂下雙眼，因此他常常圖個自在盯著狼看。還有些時候，他則幫朋友從腳掌中拔出刺來，因爲狼常常遭受荊棘和芒刺扎身的苦頭。

晚上他下山到耕地去，饒有興味地觀察屋裏的村民，但是他不相信人，因爲巴格希拉給他看過一個帶垂門的方盒子，狡猾的人把這個盒子藏在林子裏，有一次他差點走了進去，巴格希拉告訴他那是個陷阱。他最喜歡跟巴格希拉去黑漆漆但很溫暖的叢林心臟地帶，睏乏了就睡上整整一天，晚上醒來去看巴格希拉如何獵殺。餓了的時候，巴格希拉四處捕食，莫格立也是如此——不過也有個例外。

他長大能明白事理的時候，巴格希拉告訴他永遠不能碰牛，因爲他的命是以一頭牛爲代價換來的。「所有的叢林都是你的，」巴格希拉說：「你可以殺你能殺的任何獵物，但是對於買了你的命的牛來說，你一定不能殺他或者是吃他的肉，不管小的，還是老的。這是叢林法則。」莫格立不折不扣地遵守著這條規則。

他長得愈來愈壯，他不知道自己正在學東西，除了吃，他什麼也不考慮。

狼媽媽給他說過一、兩次西里汗不可信賴。並告訴他必須盡早殺了西里汗；可是儘管小狼都已經時刻記住了這條意見，莫格立卻忘在腦後，因爲他只是個小男孩——儘管如果他會說人話，他一定會稱自己爲狼。

西里汗總是在叢林裏惹麻煩，因爲阿克拉愈來愈老，身體也愈來愈虛，這頭瘸腿老虎和狼群的小狼們成了朋友，他們跟著他找剩飯吃，如果阿克拉敢於適當地發發威，他是決不會允許這種事發生的。西里汗則給小狼們諂媚說，他感到不明白爲什麼這麼好的年輕獵手們會甘於受一個行將死去的老狼和人崽的領導。「他們告訴我，」西里汗說，「你們在大會上不敢正眼看人崽。」小狼們聽了氣得亂吼亂叫。

巴格希拉到處都有耳目，了解到了一些情況，不止一次苦口婆心地提醒莫格立，西里汗遲早想吃他；莫格立則笑笑答道：「我有狼群，還有你和巴魯；儘管巴魯很懶，他會爲我出力的，我為什麼要怕呢？」

這一天天氣很暖和，一個新的想法竄上了巴格希拉心頭——聽到些風聲後他有了這個念頭，也許豪豬依基給他說過什麼？但是莫格立在叢林深處把頭枕在他那美麗的皮上的時候，巴格希拉卻問他：「小兄弟，我給你說了多少次西里汗是你的敵人？」

「說的次數和棕櫚樹上的果實一樣多，」莫格立說，自然他是不會去數的。「那有什麼？我睏了？巴格希拉，西里汗也就是個長著長尾巴，說大話的傢伙——就像孔雀瑪奧一樣。」

「但是現在不是睡覺的時候。巴魯明白；我明白；狼群明白，甚至連蠢鹿都明白。塔巴奇也給你說過。」

「哦！哦！」莫格立喊道。「不久前塔巴奇到我這兒說了些粗俗的話，說我是光溜溜的人崽，不配挖山核桃；但是我抓著他的尾巴甩著他向棕櫚樹上撞了兩次，教他學著禮貌點。」

「你真蠢；儘管塔巴奇是個搞惡作劇的傢伙，他還是給你說了和你密切相關的事。睜開眼睛，小兄弟，西里汗是不敢在叢林裏殺你；但是記住，阿克拉已經很老了，不久後他就不能捕殺獵物，那時他就沒法再當首領了。你初次被帶到大會的時候，見過你的狼很多都老了，年輕的狼聽了西里汗的話，認爲人崽在狼群裏沒有位置。很快你就會長成大人的。」

「人怎麼了?怎麼就不能和他的兄弟們一起跑著玩呢?」莫格立說。「我生在叢林。我遵守叢林法則，我幫每隻狼拔腳掌上的刺。他們當然是我的兄弟!」

巴格希拉半閉著眼睛展開了身體。「小兄弟，」他說，「摸摸我的下巴下面。」

莫格立舉起他那結實的棕色小手，在巴格希拉絲綢般的頦下，他摸到了一塊光禿禿的小疤，光滑的皮毛下藏著大塊蠕動的肌肉。

「叢林裏沒人知道我巴格希拉帶著這個印記——受人控制的印記；不過，小兄弟，我生在人群中，我母親更是死在人群裏——死在歐狄浦王宮的籠裏。正因如此，在你還是個光溜溜的人崽的時候，我才在大會上爲你出了價。是的，我也生在人群中。我以前從未見過叢林。他們一直在柵欄後用鐵盤給我餵食，直到有一天我感覺到了自己是巴格希拉——豹子——不是人的玩物。再後來，我用爪子一擊就掙開了那把愚蠢的鎖，離開了那個地方；因爲我了解了人的處事方法，所以我在叢林裏才比西里汗更可怕，難道不是嗎?」

「是的，」莫格立說，「叢林裏誰都怕巴格希拉，也許就莫格立不怕。」

「哦，你是個人崽，」黑豹溫柔地說；「就像我回到了叢林一樣，你也必須最終回到人的中間去——他們才是你的兄弟——如果你在大會上沒被殺掉的話。」

「但是爲什麼——爲什麼他們想殺我呢？」莫格立問。

「看著我。」巴格希拉說，莫格立盯著他的雙眼。半分鐘後，這頭大黑豹把頭扭了過去。

「這就是原因所在，」他說，把爪子搭在了樹葉上。「我生在人群中，而且愛你，都不能正眼看著你，小兄弟。其他動物就恨你了，因爲他們的眼睛不能和你對視——因爲你聰明——因爲你替他們拔腳裏的刺——因爲你是人。」

「我不明白。」莫格立傷心地說；皺了皺濃重的眉。

「什麼是叢林法則？先下手打贏了才有資格說話。你老是粗心大意，從這一點他們就知道你是個人。但是你要聰明點。我心裏清楚如果阿克拉下次再失手——現在他每次捕獵都要費更大的氣力才能逮住獵物——狼群就會反對他和你。他們會在岩石上開叢林大會，那時候——那時候——我有主意了！」巴格希拉說著，跳了起來。「趕快下山到山谷裏的人家去，拿些他們種的紅花回來，這樣到時候你就有更強的朋友，這個朋友比我、巴魯，還有狼群裏愛你的人更強。去拿紅花。」

巴格希拉說的紅花就是火，只是叢林裏沒有這個字。每個野獸都很怕它，想了一百種法子來描繪它。

「紅花？」莫格立說。「那東西黃昏的時候長在屋外。我去拿些來。」

「這才是人崽該說的話，」巴格希拉驕傲地說，「記住，它長在小罐裏。趕快去拿朵來，保管好，會有用的。」

「好！」莫格立說。「但是你有把握嗎，我的巴格希拉？」他的胳膊繞著豹子優美的脖子，深深地望著他的雙眼——「你有把握這一切都是西里汗的所作所爲嗎？」

「以給我自由的斷鎖起誓，我有把握，小兄弟。」

「那麼，以買我生命的公牛的名義起誓，我要讓西里汗爲此付出代價，也許代價要更大一些。」莫格立蹦跳著離去了。

「他是個人，是個完完全全的人了，」巴格希拉自言自語說道，又躺了下來，「哦，西里汗，我還真是從沒見過比你十年前捕獵青蛙（莫格立）更惡毒的行動！」

莫格立在叢林裏竄了很遠，跑得很猛，胸口一顆心滾燙燙的。傍晚的霧升起的時候，他回到了狼窩，吸了口氣，向山下望了望。狼崽都出去了，只有狼媽媽待在洞裏，從莫格立的呼吸中，她感覺到了她的小青蛙心裏很煩。

「怎麼了，孩子？」她問。

「聽到了一些西里汗說的胡話，」他答道。「今晚我要去耕地拿些東西。」說著他穿

過灌木叢向山下跑去。在山底的小溪，他停了下來，因爲他聽見了狼群捕獵的吼聲，聽見了一頭被追逐的黑鹿的吼聲，又聽見了獵物走投無路、呼哧呼哧的喘氣聲。接著響起了小狼們惡毒尖刻的吼聲：「阿克拉！阿克拉！讓孤狼顯示一下他的力量。狼群領頭的位置該讓出來了！撲呀，阿克拉！」

孤狼肯定是跳上去沒有撲上獵物，因爲莫格立聽到了他牙口相碰的聲音，接著又聽見了黑鹿用前腿踢倒他的時候他發出的叫聲。

他不再等什麼了，只是向前衝去；跑到村裏耕地的時候，喊聲在身後漸漸弱了下來。

「巴格希拉說的都是真話，」他喘著粗氣，在小屋窗邊的牛飼料堆上臥了下來。「明天對我和阿克拉都是最重要的一天。」

他把臉貼在窗戶上看壁爐的火。他看見家庭主婦起了床，夜裏給火餵了些黑疙瘩；天亮的時候，霧氣很重，很冷，他看見這家的孩子掂起了一個條柳罐，裏頭糊著泥，他往裏頭塡了幾塊又紅又熱的火炭，把它擱在身上的毯下，出去照顧牛棚裏的牛。

「就這樣？」莫格立說。「如果一個小孩都能做，我也沒什麼可怕的。」他繞過牆角碰上了小男孩，從他手裏搶走了罐子，消失在霧中，男孩給嚇得大喊大叫。

「他們很像我，」莫格立說，學著那位主婦向罐裏吹氣。「如果我不給這玩意兒吃東西，它會死的。」他朝那塊紅東西上扔了些乾樹枝。在山坡半中腰，他遇見了巴格希拉，見到他身上的晨露閃閃發光，就像衣服上綴滿了月光寶石。

「阿克拉失手了，」黑豹說。「本來昨晚他們就能殺了他，但他們也要殺你。他們正在山上到處找你。」

「當時我在耕地裏，現在我準備好了。瞧！」莫格立舉起了火罐。

「好！嗯，我曾經見過有人把乾樹枝扔進這東西裏，紅花立即就在枝頭上開了。你不怕嗎？」

「不怕。我爲什麼要怕？現在我記起來了——如果不是做夢的話——在我是狼之前，我躺在紅花邊上，暖洋洋的，真舒服。」

整個白天莫格立一直在洞裏照顧火罐，把乾枝條投進去，雙眼盯著看得出神。他找到了一根滿意的樹枝，晚上塔巴奇來到了洞穴，粗魯地通知他去會議岩，他張口大笑，直到塔巴奇溜走。然後莫格立去參加大會，依舊笑個不停。

孤狼阿克拉躺在岩邊，意思是狼群的領頭位置已經空缺。西里汗帶著他那幫爪牙公然地前前後後踱來踱去，聽著諂媚的話。巴格希拉趴在莫格立身邊，火罐就擱在莫格立的兩膝之間。大伙聚齊以後，西里汗發話了——阿克拉最鼎盛的那會兒，他可從沒這個膽量。

「他沒有權利說話，」巴格希拉低聲說。「就這麼說。他是個狗崽子，他會害怕的。」

莫格立跳了起來。「自主的群，」他大喊道，「西里汗是狼群的領袖嗎？一頭老虎和我們的首領有什麼關係？」

「首領的位置已經空缺，而且我是被邀請來說話的——」西里汗說道。

「誰請你了？」莫格立問。「所有的狼都會對你這個殺牛的傢伙搖尾乞憐嗎？狼群的首領只在狼群內部產生。」

底下一陣喊叫，「閉嘴！你這個人崽！」

「讓他說，他遵守我們的規矩。」最後狼群的元老們發話了：「讓死狼說話。」狼群的首領如果捕獵失手，只要他活著就被稱作是死狼，按規矩他也活不長了。

阿克拉無精打彩地抬起了蒼老的頭。

「自主的群，還有你們，西里汗的爪牙們，多少年來，我帶領你們去捕獵，帶領你們死裏逃生，在我當首領的時候，從來沒有誰掉進陷阱或是受了什麼重傷。如今我失了手，你們心裏清楚這個圈套是怎麼設計的。你們心裏清楚你們是如何帶我去捕一頭從沒捕過的獵物，以此讓大家知道我是多麼虛弱。幹得很漂亮，以便今天你們有權利在會議岩上殺我。所以我要問，誰來解決孤狼的生命？因爲這是我的權利，根據叢林法則，你們得一個一個上。」

一陣長長的寂靜，因爲沒有那隻狼想去單獨把阿克拉鬥死。這時西里汗又嚷道：「咳！這個沒牙的傻瓜和我們有什麼關係呢？他是注定要死的！活得太久了的是這個人崽。從一開始他就是我的食物。把他交給我。我煩透了這個假狼，他在叢林裏已經折騰十個年頭了。把這人崽交給我，否則我就一直在這兒捕獵，連一塊骨頭也不給你們。他是個人，人的孩子，我對他簡直是恨之入骨！」

半數以上的狼叫了起來：「人！人！人和我們有什麼關係？讓他回自己家去。」

「去讓村裏的人都來和我們鬥嗎？」西里汗吼道。「不，把他交給我。他是個人，我們都不敢盯著他看。」

阿克拉又抬起了頭，說道：「他和我們一起吃飯。他和我們一起睡覺。他爲我們追趕獵物，他沒有做一丁點違反叢林法則的事。」

「接受他的時候，我還出了頭牛。牛的價位不大，但是巴格希拉可要爲他的名譽而戰。」巴格希拉說道，語氣溫柔至極。

「十年前出的牛！」狼群嚷道。「我們對十年的老骨頭有什麼可在乎的？」

「那麼對誓言在乎嗎？」巴格希拉問，唇下露出了白牙。「你們真不愧是自主的狼啊！」

「人崽不能和叢林的居民跑在一起，」西里汗吼道。「把他交給我。」

「他是我們的兄弟，雖然血緣不同，」阿克拉繼續說道：「你們竟想在這兒殺了他！的確，我活得是太久了。你們之中有吃牛的，還有一些我聽說竟然聽從西里汗的教唆，深夜去村民家叼小孩。幹這種事，簡直是懦夫。我現在是對懦夫說話。我肯定是死定了，我的生命沒有什麼價值，否則我會以我的生命來換回人崽的生命。但是爲了狼群的榮譽——沒有了首領，你們可能忘記了一件小事——我許諾教育你們讓人崽回到他自己的家園，在我該死的時候，我不會咬你們一下。我願意不戰而死。這至少會節省狼群的三條命。更多的我也做不到；但是如果你們願意，我可以讓大家免遭恥辱，去殺一位沒犯錯的兄弟——一位根據叢林法則，有人說是，被買進狼群的兄弟。」

「他是個人——人——人！」狼群吼道。大多數狼都開始圍著西里汗繞圈，西里汗的尾巴也開始搖了起來。

「現在事情的主動權在你手裏，」巴格希拉對莫格立說。「我們別無選擇，只有一戰。」

莫格立站了起來——手裏端著火罐。他伸出手臂，當著大會的面打了個呵欠；但是他胸中是滿腔怒火和憂傷，因爲自己一直像隻狼，狼群從前也從未向他說過他們如何恨他。

「你們聽著！」他喊道，「沒必要在這兒像狗一般地嘮叨。今晚你們多次宣稱我是人（說實話，本來我這一生都願意和你們在一起作狼的），我感覺你們說的是對的。所以今後我不再和你們稱兄道弟了，而是像人一樣稱你們賽格（狗）。你們想幹什麼或不幹什麼不是你們說了算的。這是我的事；我們可以把這事挑得更明些，我，作爲人，帶了一些你們懼怕的紅花來。」

他把火罐向地上扔去，一些紅火炭點燃了一簇乾苔蘚，火一下竄了起來。見到跳動的火焰，所有的狼都惶恐不安地退了回去。

莫格立把乾樹枝扔進了火裏，等枝條燃起來，嗶剝嗶剝作響的時候，他把樹枝舉過了頭頂，在膽怯的狼群裏揮來揮去。

「你是主宰，」巴格希拉輕聲說。「救阿克拉一命，他是你的朋友。」

阿克拉這隻威嚴的老狼一生中從未求過別人的憐憫。他慈祥地看了莫格立一眼，莫格立正赤裸地站著，長長的黑髮飄過雙肩，在燃燒的樹枝的火光照耀下，他的影子隨之跳躍顫動。

「好啊！」莫格立說，向四下徐徐望去。「我知道你們是狗，我要離開你們回到自己的親人身邊——如果他們真是我的親人的話。叢林的門對我關上了，我必須忘了你們的話和你

們的友情；但是我會比你們更有同情心。因爲我雖然與你們血緣不同，卻親如兄弟，我許諾如果我和人生活在一起作人，我決不會像你們出賣我那樣去把你們出賣給人。」

他用腳踢了踢火，火焰竄了起來。「我們幾個和狼群之間不該有戰鬥。但是我走之前有份債要償。」他大跨步走向西里汗揪起了他臉上的一撮毛，那傢伙正呆坐著看那火舌眨眼睛。巴格希拉跟著他，以免出什麼意外。「起來，你這條狗！」莫格立大聲喊道。「起來，是人在對你說話，否則我就燒了你的外套！」

西里汗的耳朵平貼在頭上，閉上了雙眼，因爲灼人的樹枝離他很近。

「這個殺牛的傢伙說他要在大會上殺了我，因爲我是個嬰兒的時候他沒殺成我。如此這般，那麼我們成人的時候也要打狗。稜格利，你只要輕輕動一下，我就把紅花塞進你的喉嚨裏！」他用樹枝敲打西里汗的頭，這頭虎怕到了極點，嗚嗚地不停哀叫。

「呸！你這個焦頭爛額的叢林貓——滾吧！但是記住下次我以人的身分再來會議岩的時候，我要把西里汗的皮披在頭上。另外，阿克拉應該自由自在地活下去。你們不許殺他，因爲這不是我的願望。我覺得你們也不該在這兒繼續待下去了，伸著舌頭好像你們有多了不起，你們不過是我要趕走的狗！滾吧！」

樹枝燒到了盡頭，火很旺，莫格立繞著圈子到處亂打，巴格希拉以及十來條狼站在莫格立一邊。莫格立感到心裏有什麼東西刺傷了他，以前在生活中他從沒有被傷害過，他屏住氣開始抽抽嗒嗒，眼淚淌下了面頰。

「這是什麼？是什麼？」他問。「我不想離開叢林，我不知道這是什麼東西。我要死了嗎，巴格希拉？」

「不，小兄弟。那只是人用的眼淚，」巴格希拉說。「現在我知道你已經是個人，不再是個人崽了。從今以後叢林的大門真的要向你關上了。讓它們滴吧，莫格立，那只是眼淚。」莫格立聽後坐下來大哭了一場，他的心似乎要碎了一般；他以前還從沒哭過。

「現在，」他說，「我要到人那邊去了。但是首先我要和媽媽告個別。」他去了狼爸爸和狼媽媽住的洞，趴在狼媽媽身上大哭，四個狼崽子也發出了傷心的吼聲。

「你們不會忘了我吧？」莫格立說。

「只要我們還認路就永遠不會，」狼崽們說。「做了人以後，你可以到山腳下來，我們可以和你聊聊；晚上我們會去莊稼地和你一起玩！」

「過不久再回來！」狼爸爸說，「哦，聰明的小青蛙，過不久再回來；你媽和我都老了。」

「早些回來，」狼媽媽說，「我的小崽子；聽著，孩子，我愛你勝過愛我自己的小崽子。」

「我一定來，」莫格立說，「再來的時候我要把西里汗的皮鋪在會議岩上。別忘了我！告訴叢林的朋友永遠別忘了我！」

莫格立獨自下山的時候，東方開始破曉，他就要遇上那些被稱之爲人的神秘動物了。

西昂尼狼群的捕獵歌

黎明在破曉，雄鹿在高歌
一遍又一遍！
樹林野鹿飲水的池邊
雌鹿在歡跳，雌鹿在歡跳。
我獨自觀察，親眼所見
一次又一次！
黎明在破曉，雄鹿在高歌
一遍又一遍！

一隻狼悄悄溜回，一隻狼悄悄溜回
為等待的狼群傳話，
我們搜尋，發現，圍困他
一次又一次！

黎明在破曉，狼群在狂吼
一回又一回！
腳在叢林不留印記！
眼在黑暗中依然明亮！
大聲狂吠吧！聽！哦！聽！
一次又一次！

（陳榮東／譯）

第六章　大蟒行獵記

卡阿轉動著身體畫了一個大圈又一個大圈，蛇頭不停地在中央晃來晃去。緊接著，他的身體開始不斷地變幻形狀，由圓圈變成8字形，柔軟的三角形、四邊形、五邊形、螺旋形……一刻不停，又不緊不慢，嘴裡還不停地嘶嘶叫著。天愈來愈黑，最後那個挪動的、變幻的圓圈不見了，但仍可聽到蛇鱗沙沙的響聲。

獵豹穿著花衣真高興：水牛挺起雙角來逞強。
打獵打得要乾淨俐落，高明的隱藏才是顯出獵手的力量。
你若見小公牛凶猛敢挑人，或是黑鹿額頭高高挺大角；
不用停下告訴我們：這些事情我們知道得很早，很早。
陌生的小崽子們欺負不得，得把他們當兄弟姊妹對待，
別看一個個胖乎乎又小又矮，說不定就把他們的大熊媽媽惹來。
「我的本領舉世無雙！」小獵手頭一次獵獲總自豪地講；
森林太大，獵手還小。他該好好想想，冷靜下來才能當個好獵手。

——**大棕熊巴魯的座右銘**

接下來要講的故事，發生在莫格立被趕出西昂尼狼群之前，那時莫格立還沒有找老虎西里汗報仇。這段時間，巴魯正教莫格拉叢林法則。這隻大棕熊上了些年紀，一向不苟言笑，不過他也很高興能有這麼聰明的學生，因爲以往小狼崽們只知道學那些在狼群中適用的叢林法則，而且他們只要能背得出獵歌，就會一溜煙地跑掉：「兩隻眼睛暗中視物；一雙腳兒觸地無聲；牙齒白白尖利無比；耳朵靈敏洞中聽風；除去可恨的豺狼塔巴奇和鬣狗，所有這些

都是我們兄弟的特徵。」

但莫格立是人的孩子，要學的自然比這多得多。有時，黑豹巴格希拉會溜溜達達地穿過叢林，來探望他的寵兒，他常是舒舒服服地頭枕在樹上躺著，邊打呼嚕，邊聽莫格立把一天的功課背誦給巴魯。

小男孩現在無論是爬樹、游泳，都像在地上跑一樣輕鬆；於是法則老師巴魯又教了他在樹上和水裏的法則：如何分清哪根樹枝是安全的，哪根已經腐爛了；如何在撞到一個離地五十英尺的蜂巢時，禮貌地向野蜂致歉；如何在白天驚擾了棲息枝頭的蝙蝠芒後，向他表示歉意；如何在下水前先警告池中的水蛇，而不至拍著他們。叢林中的居民誰都不希望被驚擾，而且隨時準備好向入侵者還擊。

之後，莫格立還學了陌生者獵食前的呼喊。叢林中的居民只要在自己的地盤以外獵食，就必須一遍遍大聲重複這種呼喊，直到有回應。喊聲如果翻譯過來，意思是：「請原諒我在此獵食，因爲我餓了。」回答是：「那麼爲食物而獵獲，不要爲了玩樂。」

從以上這些事情，可以看出莫格立要用心學的東西可真不少。

漸漸地，他也對幾十遍幾百遍地重複這些東西感到厭煩了；但煩也沒有用；有一天莫格立挨了巴魯幾巴掌，生氣地跑開了，巴魯對巴格希拉說：「人崽子就是人崽子，他必須學會所有的叢林法則。」

「可想想他才多大，」黑豹說。要是由著巴格希拉的意思來，他肯定會把莫格立慣壞了。「他那小腦袋瓜裏怎麼裝得下你那麼一大通話？」

「叢林中有什麼動物因爲小而不會被殺掉呢？沒有。所以我必須把這些東西通通傳授給他，因此每天他忘記時，我才會非常溫柔地打他幾下。」

「溫柔！你也知道什麼是柔！你這老鐵掌！」巴格希拉埋怨道。「今天他的臉都腫了，就是因爲你的——溫柔！哼！」

「讓我這隻愛他的熊把他從頭到腳都打腫了，也比他因爲無知而受到傷害強，」巴魯一本正經地回答道。「現在我正教他叢林中的萬能口令，它能保護莫格立不受鳥類、蛇和四足野獸的傷害，除了他的狼群。如果莫格立能記住這些喊聲，他就可以向森林中任何動物尋求保護。這難道還不值得挨一兩下打嗎？」

「好，不過小心點別把人崽子打死了。他可不是用來磨你鈍爪子的樹樁。萬能口令是什麼？儘管平常我多是幫助別人，很少向別人求助，」巴格希拉伸出一隻爪子，欣賞著爪端鋼青鑿子一樣的爪尖，「但我還是想知道。」

「我把莫格立叫回來，讓他告訴你——如果他願意。回來，小兄弟！」

「我腦袋裏像有個蜂窩似的嗡嗡直叫，」只聽他們頭上傳來一個充滿怨氣的聲音，接著莫格立順著樹幹滑了下來，一副氣鼓鼓的樣子，落地時又加上一句，「我回來是因爲巴格希拉，才不因爲你呢，又胖又老的巴魯！」

「對我來說都一樣，」巴魯說，雖然他聽了心裏挺不是滋味。「告訴巴格希拉今天我教你的叢林中的萬能口令。」

「哪種動物的口令？」莫格立問道，他很高興在巴格希拉面前炫耀一下。「叢林中有各種聲音，我都會學。」

「會是會一點，但也沒多少。瞧見了吧，巴格希拉，他們從來不知道感謝他們的老師。從來沒有哪個狼崽子回來謝過老巴魯。那就學學獵食者的呼喊吧——大學者。」

「我們血脈相通，你和我。」莫格立喊道，聲中帶著熊的口音，叢林中所有的獵食者都帶這種口音。

「好。再學學鳥類的。」

莫格立重複了一遍，結束是一聲老鷹的長嘯。

「現在聽聽蛇的。」巴格希拉說。

莫格立的回答是一陣完美的難以形容的嘶嘶聲。學完了，莫格立來了個後空翻，同時

拍著手為自己鼓掌，然後一下蹦到巴格希拉的背上側坐著，腳後跟打鼓似敲著巴格希拉的肚皮，回頭衝巴魯做了個他想出的最怪的鬼臉。

「瞧——瞧！衝這個就該打你幾下，」棕熊溫柔地說。「總有一天你會記起我的。」巴魯轉過身，開始對巴格希拉講述他是如何向通曉此事的野象哈蒂求教萬能口令，哈蒂又如何帶著莫格立去池塘邊，親自從一條水蛇那裏學到蛇的口令（**巴魯自己發不出來**），現在又是如何有理由相信，莫格立能安全地避開叢林中任何危險，因為無論是蛇、鳥，還是野獸都不會傷害他了。

「這樣，就沒有什麼可害怕的了。」巴魯講完了，自豪地拍了拍他毛絨絨的大肚子。

「除了他的部落，」巴格希拉壓低嗓音說。接著，他衝莫格立嚷道，「當心我的肋骨，小兄弟！幹什麼這麼踢來踢去的？」

莫格立揪著巴格希拉肩上的毛，使勁踢著巴格希拉的肚子，想讓他們聽他講話。巴魯和巴格希拉都停下來，只聽莫格立用最大的嗓門宣布道：「我要建立起自己的部落，並且帶領他們天天在樹上生活。」

「又是什麼愚蠢的念頭，白日做夢的小傢伙？」巴格希拉問道。

「是的，還要朝老巴魯身上扔樹枝和泥巴，」莫格立接著說。「這是他們答應我的。

啊！」

「呼！」巴魯的大巴掌一下把莫格立從巴格希拉背上打下了來。莫格立被巴魯用兩個前爪按在地上，他看得出巴魯是真生氣了。

「莫格立，」巴魯說，「你剛才和班達－洛格談過話——那些猴子。」

莫格立望望巴格希拉，想看他是不是生氣了，巴格希拉的眼睛像玉石一樣冷峻。

「你竟然和猴子們混在一起——那些灰色的人猿！那些沒有法則的動物——那幫什麼都吃的傢伙。這太可恥了。」

「巴魯老打我的頭，」莫格立說（他仍然躺在地上），「我就跑掉了。那些灰猴子從樹上下來，他們很同情我。別人誰都不關心我。」他小聲抽泣起來。

「猴子也懂得憐憫！」巴魯不屑地說。「如同山泉懂得安靜地流淌！如同夏天的太陽懂得清涼！接下來又怎麼樣了，人崽子？」

「然後，然後，他們給我拿來栗子，還有許多好吃的，他們——他們用胳膊拉著我爬到樹頂上，說我和他們是同宗兄弟，只是我沒有尾巴，還說有朝一日我應該成爲他們的首領。」

「他們沒有首領，」巴格希拉說道，「他們撒謊。他們總是撒謊。」

「他們對我很好，邀我再去玩。為什麼從沒帶我去過猴子那兒？他們像我一樣兩條腿站著。他們又不會用硬爪子打我。他們整天都玩。讓我起來！壞巴魯，讓我起來！我要再找他們玩去。」

「聽著，人崽子，」大熊吼道，聲音彷彿炎熱的晚上響起的悶雷。「我教了你應付叢林中所有居民的法則——除了住在樹上的猴子。他們沒有法則。他們是被哄走的。他們沒有自己的語言，用的都是他們偷聽來的，他們整天在樹上偷聽，偷看。他們的生活方式和我們不同。他們沒有首領。他們沒有記性。他們整天唧唧喳喳地自吹自擂，好像自己很偉大，要在叢林中幹出一番驚天動地的壯舉，可一看見樹上掉下幾個果子，就高興得把什麼都忘了。我們叢林居民和他們沒有往來。我們不在他們喝水的地方喝水，不去他們去的地方，不在他們獵食的地方獵食，不在他們死去的地方死去。以前你我談起過這幫班達－洛格嗎？」

「沒有。」莫格立小聲答道。巴魯一通話吼完，叢林已經十分安靜了。

「叢林居民嘴上從不提他們，心裏更不在意他們。他們人多，惡毒、骯髒、無恥，而且他們希望——如果說他們有什麼一貫的心願——他們希望引起叢林居民的注意。但我們就是不理他們，即使這幫猴子朝我們頭上丟果子和土塊。」

巴魯話音未落，一堆果子和小樹枝便從樹上陣雨般砸來；他們可以聽到半空中高高的樹枝上傳來猴子們的咳嗽聲、嚎叫聲，和憤怒的蹦跳聲。

「猴子們是禁止接觸的，」巴魯說，「對叢林居民來說是禁止接觸的。記住了。」

「禁止接觸，」巴格希拉說；「但我仍認爲你早該警告他不要和猴子在一起。」

「我——我？我哪料到他會和那幫最骯髒的傢伙在一起呢？猴子！呸！」

又是一陣「雨點」砸到他們頭上，巴魯和巴格希拉帶著莫格立跑開了。巴魯對猴子們的描述是千真萬確的。他們生活在樹頂上，野獸們又很少抬頭朝上看，所以猴子們和叢林居民本來很少會干擾到對方的生活。可是每當猴子們發現一隻生病的狼，或是受傷的老虎，便會湊上去折磨他，而且他們經常朝野獸們扔樹枝和果子來取樂，藉此希望引起野獸們的注意。而後他們會連嚷帶嚎地唱起毫無意義的歌，逗引野獸們爬上樹和他們打鬥；要不就是互相之間爆發無謂的殘酷爭鬥，最後留下死猴子放在叢林居民看得到的地方。

猴子們總像要選出自己的首領，確定自己的法則和法規，但他們到了明天就會把今天的事情統統忘掉，所以他們從未真正做過，最後只好自我解嘲地說：「班達—洛格現在想的事情，叢林中的動物以後才會想到。」說完便會感到莫大的安慰。野獸們誰也不理他們，但另一方面誰也不會注意他們，因此，他們非常高興莫格立願和他們一起玩，而且又看到巴魯那麼生氣。

猴子本來也沒什麼別的念頭——但一隻猴子突然覺得自己想到了一個絕好的主意，便對其他猴子說：把莫格立留在部落裏一定會非常有用，因爲他知道怎麼把樹枝搭起來遮擋風雨；如果他們抓住莫格立，可以讓小男孩教他們。莫格立作爲伐木人的後代，自然而然地繼承了人的各種本能，他常常用掉下來的樹枝搭成小棚子，其實他也沒想過自己是怎樣的，但猴子們從樹上看了，只覺得他的表演太精彩了。

這次，猴子們說他們將會真的有一位首領，並且成爲叢林中最聰明的動物——聰明得讓其他動物都會注意他們、羨慕他們。於是他們悄悄地跟著巴魯、巴格希拉和莫格立穿過叢林，直等到午睡的時候。莫格立此時睡在黑豹和棕熊的中間，他很爲自己感到害羞，下決心再也不理那幫猴子了。

再清醒時，莫格立只覺得手腳被幾隻手——粗糙、有力的小手——抓著，一排排樹枝「呼呼」地從臉上擦過，他透過搖擺的枝條向下望去，只見巴魯大吼著彷彿要把整個叢林吵醒、而巴格希拉呲著牙直衝上了樹幹。猴子們勝利地嚎叫著，扭打著爬上樹梢，看見巴格希拉不敢再往上追了，興奮地嚷道：「他注意我們啦！巴格希拉注意我們啦！叢林裏所有的居民都羨慕我們的技巧和機靈。」

接著他們開始了飛行；猴子們在樹上飛行是任何人都難描述的。樹頂上有他們固定的道路和交叉路口，既有上山去的又有下山去的，離地都在五十至一百英尺左右，憑著這些路，他們在夜晚都可以穿行自如（如果有必要的話），兩隻最強壯的猴子拽著莫格立的胳膊在樹頂上跳躍，一蹦就是二十英尺。如果讓他們獨自跳躍，可以比現在快一倍，只是男孩的體重降低了他們的速度。

莫格立感到一陣頭暈、噁心，朝下望去發現自己離地百尺，不覺心驚膽戰，猴子們又不時帶著他蕩到半空，然後突然停身轉向，更嚇得他心都懸到嗓子眼兒上了，不過他還是覺得這種瘋狂的跳躍挺好玩。莫格立的兩名衛兵挾著他不時地衝上樹頂，直等他感到樹尖上那細得不能再細的枝條受重量彎曲咔咔作響時，才在一片歡呼嚎聲中蕩到半空，向下飛落，手腳剛剛掛住下一顆樹稍矮的枝頭，又順勢彈起。

有時他的視線飛過綠色寧靜的叢林，看遍幾英里外的地方，就像站在桅杆上的人可以眺望幾英里外的海面，但緊接著枝條和樹葉又會「嗖」地從他臉上劃過，再看時他的衛兵們又幾乎落到了地面。就這樣蹦跳著、飛落著、歡呼著、嚎叫著，班達—洛格部落帶著他們的囚犯莫格立沿著樹頂上道路飛馳而過。

開始，莫格立也害怕被扔下；後來莫格立惱火了，但他明白現在還是不反抗為妙，於是他開始思考；首先是要捎回話給巴魯和巴格希拉，以現在猴子們跳躍的速度，他的朋友肯定被落得很遠了。朝下望只能看到枝頭和樹梢，顯然沒有用；於是莫格立向上望去，發現遠處天空中禿鷲奇爾正在盤旋、滑翔。奇爾時時刻刻都在觀望著叢林，等待有動物死去。他也瞧見猴子們好像拉著什麼，便下降了幾百英尺，想看清楚他們的貨物是否可以食用。

奇爾看見一個小男孩被拖上樹梢，這時他聽到莫格立發出禿鷲的口令：「我們血脈相通，你和我。」奇爾吃驚地叫了一聲。一排樹枝擋住了莫格立，但奇爾及時地飛到另一棵樹上，看見男孩的小黃臉又露了出來。「記下我的行蹤，」莫格立大聲喊道，「告訴西昂尼狼群的巴魯和會議岩的巴格希拉。」

「以誰的名字，小兄弟？」奇爾當然聽說過莫格立，但以前從未見過。

「莫格立，小青蛙。他們都叫我人崽子！記下我的行——蹤！」

莫格立一下子又被拋到了空中，最後這句話也是尖叫著喊出來的。但奇爾點點頭，向上飛去，飛呀飛呀直飛到遠看只有一粒灰塵大小。他在高空盤旋，用一雙望遠鏡的眼睛盯著被莫格立的衛兵們一路跳躍帶動的樹枝。

「他們從來做事都會半途而廢，」奇爾笑著說。「他們打算好了做什麼，等真做起來就會走了樣。總想找點新鮮事做，這就是班達－洛格。這次，如果我沒看錯的話，他們給自己惹的麻煩大了，巴魯可不是一隻小熊，巴格希拉，據我所知，也不是只會殺山羊。」

奇爾搧了搧翅膀，收起雙腿，在空中滑翔，等待。

與此同時，巴魯和巴格希拉在下面又是憤怒，又是痛心。巴格希拉一直爬到他從未到過的高度，但細細的樹枝承受不住他的體重折斷了，他滑了下來，爪子上滿是樹枝。

「為什麼你沒有警告過人崽子？」巴格希拉衝可憐的巴魯吼道。巴魯笨拙得四腿蹬開拚命跑著，希望能追上那些猴子。「你沒有告誡他，卻把他打得半死，這有什麼用？」

「快點！噢，快點！我們——我們也許還能抓住他們。」巴魯喘著粗氣說。

「你就這麼快！連隻受傷的母牛都比不上。教法則的老師——專打小孩的傢伙——像這樣滾來滾去，一英里就能把你滾爆了。坐下來好好想想！定個計劃。現在不是追的時候。追得太緊，他們可能會把莫格立扔下來。」

「阿嗚啦！嗨！他們可能拉著莫格立跑累了，已經把他扔了。誰又能相信班達—洛格呢？把死蝙蝠放在我頭上吧！給我黑骨頭吃吧！讓我一頭撞上野蜂巢，讓他們把我螫死，讓我的屍體被鬣狗吃掉，因為我是世上最不幸的熊啊！阿嗚啦！噢，莫格立，莫格立，我們只是打你的頭，卻沒有告誡你和那幫猴子在一起？現在可能我已經打得他把一天的功課都忘光了，而他一個人在叢林裏又記不得萬能口令。」

巴魯雙手捂住耳朵，在地上打著滾，嗚嗚地哭著。

「至少他剛才學給我聽的所有口令都正確，」巴格希拉有些不耐煩地說。「巴魯，你又沒頭腦，又不自重。想一想，如果我，黑豹，像豪豬依基那樣舉起身子哭嚎，林子中別的動物會怎麼看？」

「我管他別的動物怎麼看？莫格立現在可能已經死了。」

「他們也許會把莫格立從樹枝上扔下去，或是在無聊時殺了他，除此以外我對人崽子沒什麼可擔心的。莫格立很聰明，又受過良好的教育，最重要的是他有一雙叢林居民都害怕的眼睛。但（這太不幸了）他現在在班達—洛格手裏，這幫猴子又住在樹上，不怕我們。」巴格希拉若有所思地舔著前爪。

「我是個笨蛋！噢，我是一個肥胖的、棕色的、專挖樹根的大笨蛋，」巴魯猛然直起身道，「野象哈蒂說得對：『一物降一物』；他們，那幫猴子們，害怕岩蟒卡阿。卡阿能像他們一樣爬樹。他經常在夜裏上樹偷獵小猴子。你小聲叫一下他的名字，就能讓那幫惡毒的傢伙尾巴根發涼。我們去找卡阿吧！」

「他會幫我們做什麼？他沒有腳，和我們不是同類！而且他有一雙兇狠無比的眼睛。」巴格希拉說。

「他歲數大了，又很狡猾。而且，他總是吃不飽，」巴魯滿懷希望地說。「我們可以許諾送給他許多隻羊。」

「他飽餐一頓後能足足睡上一個月。現在他說不定正在睡覺呢！即使他醒著，要是他寧願自己去逮羊，那該怎麼辦？」巴格希拉對卡阿不太了解，自然顧慮重重。

「那樣的話，你和我，兩位老獵手，合起來也許能讓他明白要不要幫我們。」巴魯用淡棕色的肩膀蹭了蹭黑豹，他們倆便出發去找岩蟒卡阿了。

他們在一塊溫暖的岩石上找到了卡阿。卡阿在午後的太陽下舒服地伸展著身體，欣賞著自己美麗的新衣。近十幾天裏他一直躲在幽靜的地方蛻皮，現在他可漂亮了——只見他把長著短粗鼻子的頭順著地面猛地向後一送，然後扭動了三十英尺長的身體，變幻出各種奇妙的結和曲線，他還不時地舔舔嘴唇，想著自己下一頓美餐。

「他還沒吃東西，」一瞧見卡阿那身美麗的、富著褐色、黃色斑紋的外衣，巴魯舒了口氣說道。「小心，巴格希拉！他蛻皮後總是有點瞎，而且咬起來動作迅猛。」

卡阿不是毒蛇——實際上，他把毒蛇鄙視作膽小鬼——卡阿的力量在於他的擁抱，一旦他龐大的身體纏上誰，就再沒什麼好說的了。

「捕獵順利！」巴魯一屁股坐下來喊道。像所有的蛇那樣，卡阿有點聾，一開始沒聽清。他盤起身，低下頭，準備應付突來的襲擊。

「祝我們大家都捕獵順利，」卡阿答道。「噢，巴魯，你來這兒幹什麼？捕獵順利，巴格希拉。我想我們中肯定有人需要食物。現在誰有獵物的消息？一隻雌鹿，甚至一隻小鹿？我肚子裏空得像一口乾井。」

「我們正在捕獵。」巴魯隨便地說了一句。他清楚不能催卡阿。卡阿太龐大了。

「請允許我和你們同去，」卡阿說。「一次捕多捕少對今天來說不算什麼，巴格希拉還有巴魯，但我——我卻得在叢林小路中等上好幾天，然後花半個晚上時間爬上樹，碰巧了或許能抓住一隻小猴子。嘶嘶！現在的樹枝已經不像我年輕時那樣了。都是些腐爛易折的枝子。」

「也許這跟你沉重的身體也有關吧！」巴魯說。

「我的身體很勻稱——很勻稱，」卡阿略顯驕傲地說。「這都是那些新長出的樹枝的過錯。我上次打獵就差點掉下來——就差一點——而且因爲我的尾巴沒有纏緊樹幹，滑行的聲音驚醒了那幫班達——洛格，他們用最難聽的名字罵我。」

「無腳的、黃色的土蟲。」巴格希拉說道。他捋著鬍鬚，好像在努力回憶著什麼。

「諸如此類的稱呼吧，上次月圓的時候聽他們這麼喊的，我們也沒在意。他們什麼都說得出口——甚至說你滿口牙都掉光了，比小孩子大點兒的動物就不敢碰了，因爲——他們實在是無恥，這幫班達—洛格——因爲你連公羊的角都害怕。」巴格希拉繼續得意地編著。

一條蛇，特別是像卡阿這樣謹慎老練的大蟒，極少會表現出他的憤怒，但這次巴魯和巴格希拉可以看到卡阿喉嚨兩側粗壯的肌肉開始蠕動鼓脹起來。

「猴子們好像搬了家，」卡阿靜靜地說。「今天我曬太陽的時候，聽到他們從樹頂上呼呼地跳過。」

「那是——那正是我們現在追蹤的那群班達—洛格，」巴魯說道；班達—洛格這個詞在他嗓子裏堵了一下，因爲在他記憶中，這是第一次有一位叢林居民承認自己對猴子的行爲產生興趣。

「毫無疑問，兩位偉大的獵手——我敢說是兩位叢林的領袖——同時出動追蹤班達—洛格，一定不會只是爲了件小事。」卡阿禮貌地說道，心中充滿了好奇。

「其實，」巴魯說，「我不過是個上了年紀，有時又很愚蠢的西昂尼狼群的法則老師，而巴格希拉——」

「就是巴格希拉，」黑豹接著巴魯的話說道。巴格希拉「啪——」的一聲合了下嘴，他可從不相信謙虛是什麼美德。「事情是這樣，卡阿。那幫偷果子，摘棕櫚葉的傢伙今天偷走了我們的人崽子，你可能也聽說過那個孩子。」

「我從豪豬依基（他的刺使他看上去很傲慢）那兒聽說有個什麼小人加入了狼群，但我沒信。依基有許多道聽途說的故事，他又再添油加醋地講一遍。」

「但這是真的。他可是從未有過的人崽子，」巴魯說。「最優秀、最聰明、最勇敢的人崽子——我的學生，他會使我的名字巴魯在叢林中非常響亮的；而且，我——我們——愛他，卡阿。」

「嘶！嘶！」卡阿前後搖擺著頭說，「我也明白什麼是愛。這方面我有好多故事——」

「那得等我們都吃得飽飽的，專門花上一整個晚上好好聽，」巴格希拉馬上截住他的話說。「現在我們的人崽在班達—洛格的手中，我們知道叢林居民之中，他們唯獨懼怕卡阿。」

「他們是只害怕我。他們當然應該怕我，」卡阿說。「嘰嘰喳喳、愚蠢、虛榮——虛榮、愚蠢、嘰嘰喳喳，這就是那幫猴子。但一個小人在他們手中可不會有什麼好結果。他們對拾起的果子厭煩了，就會扔掉。他們會半天抱著一根樹枝，想用它做件大事，但最後只是把它分成兩半。那個小人也不會被他們寵多久。他們還叫我——『黃魚』，是不是？」

「蟲子——蟲子——土蟲，」巴格希拉說，「還有許多我羞於說出口的稱呼。」

「我們必須提醒這幫猴子們要恭敬地稱呼自己的主人。嘶嘶！我們必須幫他們記住一點事情。現在，告訴我他們帶著人崽子去哪兒了？」

「這只有森林知道。我想，是衝著太陽落山的方向去了，」巴魯答道。「我們以爲你知道呢，卡阿。」

「我？憑什麼？我每次吃猴子都是他們自己送上門來，我才不費神去找他們呢！還有那些青蛙——或者說那些浮在水面上的綠色泡沫。」

「上面，上面！上面！上面！唏啦！唏啦！朝上看，西昂尼狼群的巴魯！」

巴魯抬頭順著聲音望去，只見禿鷲奇爾呼地飛了下來，翅膀兩端向上翻起的羽毛在陽光照耀下熠熠生輝。現在快到奇爾睡覺的時間了，但他飛遍了整個叢林尋找巴魯，只是厚厚的樹葉擋了他。

「什麼事？」巴魯問道。

「我看見莫格立和班達—洛格在一起。他求我傳信兒給你。我就一直盯著。猴子們帶著他到河對岸的猴子城——冷城去了。他們可能在那兒待一晚上，十個晚上，或一小時。我已經囑咐蝙蝠在天黑後繼續盯著他們。這就是我的消息。祝你們下面三個都捕獵順利！」

「祝你飽餐一頓，好好睡上一覺，奇爾！」巴魯大聲喊道。「下次捕獵時我會記著你，專門把頭留給你的，噢，最好的禿鷲！」

「沒什麼。沒什麼。小男孩喊出了我們的萬能口令，我只是做了我應該做的。」奇爾盤旋了幾圈，然後飛回他的巢去了。

「他還沒忘記用他的舌頭，」巴魯自豪地笑著說。「想想他這麼小，在樹上被拉著跑的時候，居然還能記住鳥類的萬能口令！」

「那是被牢牢打進他腦子裏去的，」巴格希拉說，「但我仍爲他感到驕傲。現在我們必須趕往冷城。」

他們都知道那地方在哪兒，但是很少有叢林居民到過那裏，因爲這個被稱作冷城的地方實際上是一座廢棄的古城，湮沒在這叢林之中，而野獸們很少會使用人類住過的地方。也許會有公野豬去，但不會在那裏出現獵食動物。另外，猴子們也不是常住在那裏，他們在哪兒都待不長；有自尊的野獸更是望而止步。只是在旱季有些例外，因爲那時冷城裏殘破的水箱和蓄水池中會儲藏一些水。

「那可是半晚以上的路程——而且要全速奔跑，」巴格希拉說。

巴魯表情十分嚴肅，他緊張地說：「我會以最快的速度跑的。」

「我們沒法等你。在後面跟上，巴魯。我們必須撇開腿奔跑——卡阿和我。」

「有腿還是沒腿，我能跟你這四條腿的跑得一樣快！」卡阿簡潔地說。

巴魯又加了把勁，但沒多久便不得不坐下來喘氣，巴格希拉和卡阿只好甩下了他在後面慢慢趕。

巴格希拉撇開腿，以黑豹特有的姿勢飛奔。卡阿什麼也沒說，但跑得和巴格希拉一樣用勁，這隻巨大的岩蟒居然和黑豹不相上下。到林中的小河邊時，巴格希拉又領先了，他幾個騰躍就過了河，卡阿卻必須游過去。卡阿全身沒在水中，只有頭和兩英尺長的脖子露出水面。一上了平地，卡阿又迅速趕上來了。

「以那把讓我逃掉的破鎖起誓，」跑到黃昏時分，巴格希拉說，「你速度可真不慢！」

「我餓了，」卡阿說。「另外，他們叫我渾身斑點的青蛙。」

「蟲子——土蟲，還是黃色的。」

「都一樣。我們趕快趕路吧！」卡阿的身體彷彿一條細流在地上游動，兩隻一眨不眨的眼睛不斷搜尋著最近的路線。

冷城裏的猴子們可根本沒考慮到莫格立的朋友。他們把小男孩帶到這座被遺忘的城堡，很是得意的一陣。莫格立以前從未見過印度的城堡，儘管它幾乎已是一片廢墟，看上去仍是非常雄偉、華麗。很久以前，一個國王在小山上修建了這座城堡。如今，你仍可以沿著石頭

鋪出的路逕自走到殘破的大門口，門上幾片木頭依然掛在年久生銹的合葉上。圍牆外面的樹長了進來，裏面的樹也伸了出去；城垛已然倒塌風蝕，圍牆上塔樓的窗戶外，掛滿了叢叢的蔓生植物。

小山頂上有一座宏偉的宮殿，宮殿的拱頂已經塌陷，殿前廣場和噴泉上大理石地板也已裂開，沾染上星星點點的紅色和綠色，往日國王的大象們經常站立的幾塊大鵝卵石也被紮入的樹根撐裂了；從宮殿向外望去，只見一排排無頂的房子，而整個城市看上去彷彿是一個充滿著黑暗的空蜂巢；城市的四條大路匯合到一個廣場，廣場中央往日佇立著一座雕像，如今已爲歲月雕蝕成一塊認不清形狀的石頭；街角處原先的公用水井現在只剩下一汪汪的水坑，倒塌的寺廟裏野生的花果卻長得十分繁盛。

猴子們將此處喚作他們的城堡，而且藉此對住在森林中的叢林居民裝出一副很鄙視的樣子。但他們從來搞不明白哪個建築是做什麼的，更不知如何利用它。他們有時圍坐在國王的議事大廳裏，抓著身上的蚤子，學著人的模樣；有時跑到那些沒頂的房子裏，收集起碎石和碎磚片放在一個角落裏；沒一會又忘記了自己的藏寶之處，於是叫嚷著打成一團，打累了便跑到國王花園的陽光台那兒跳上跳下，或是互相比著亂搖園中的玫瑰和桔子樹，看著花兒和桔子紛紛落下。他們搜遍了宮中所有的通道和黑黑的地洞，以及上百間的黑屋子。卻從來記不住他們見到了什麼，沒見到什麼。

無論怎樣，接下來他們都會三五成群地告訴對方他們做了人做的事情。他們跑到水池邊喝水，把水攪渾了，因此爭吵起來，之後他們又一群群地聚在一起，喊著：「叢林中沒有誰像班達─洛格這樣智慧、優秀、聰明、強壯、溫柔。」然後這所有的一切將從頭開始，直到他們厭倦了城堡的生活，又回到樹頂上，盼望著叢林居民會注意他們。

莫格立一向接受叢林法則的教育，他不喜歡也無法理解這種生活。快傍晚的時候，猴子把莫格立拉進了冷城。通常莫格立在長途旅行後會睡上一覺，但猴子們卻拉著手跳起舞來，還唱著他們愚蠢的歌。一隻猴子站出來向同伴們發表演說，宣稱抓住莫格立，顯示出班達─洛格歷史上另一個新的開端，因爲莫格立將教他們怎樣把樹枝和竹子編在一起遮擋風雨。莫格立隨手拾了幾根青藤編起來，猴子們最初還試圖模仿，但沒過幾分鐘，他們便失去了興趣，又開始一邊咳嗽，一邊揪著同伴的尾巴，四條腿竄上蹦下地折騰起來。

「我想吃點東西，」莫格立說，「在這兒我是陌生者。你們要嘛拿給我食物，要嘛請允許我自己在這兒獵食。」

幾十隻猴子蹦著跳著去給莫格立拿栗子和野巴婆果；但他們在路上打了起來，等打完了再想把剩下的水果帶回來已是不可能了。莫格立只覺得渾身難受，又氣又餓。他漫遊在這座空城裏，不斷地發出陌生者的獵食呼喊，但始終沒有回應。這時莫格立才感到他真是來到了一個很糟糕地方。「巴魯講的班達—洛格的事都是真的，」他想著。「他們沒有法則，沒有獵食呼喊，沒有首領——什麼都沒有，除了他們愚蠢的話，還有賊一樣亂抓的小手。要是我在這兒餓死，或是被殺掉，都是咎由自取。但我得想辦法逃回我那片林子去。巴魯一定會揍我，但那也比跟著這幫猴子愚蠢地到處找玫瑰花瓣強多了。」

莫格立剛走到城牆邊，猴子們就追上來把他拖回去，教育他說他不曉得自己現在有多快活，還擰他讓他對猴子們表示感謝。莫格立咬緊牙什麼也不說，但還是跟著猴子來到一個平台上。平台下面有一個紅沙岩鑿成的蓄水池，裏面盛著半池的雨水。台子中央有座白色大理石築成的夏宮，這是爲幾百年前的女王們建的，早已破敗不堪。拱形的屋頂一半已倒塌下來，埋住了地下的通道——女王們以前總是從那裏進入宮殿的，宮殿的牆壁上有大理石雕成的窗花格——美麗的奶白色回紋格，上面鑲嵌著瑪瑙、紅玉、碧玉和天青石；月亮從山背後升起來，月光透過窗格投射進來，彷彿給地面鋪上了一塊黑色天鵝絨的刺繡。

猴子們開始二十隻一組地教育起莫格立，對他講班達—洛格是多麼偉大、多麼智慧、多麼強壯、多麼溫柔，而他想走又是多麼的愚蠢，莫格立現在雖然又睏、又餓、又難受，但聽了還是不禁笑了起來。

「我們偉大。我們自由。我們優秀。我們是叢林中最優秀的。我們都這麼說，所以這肯定是真的，」他們嚷道。「現在你是一位新的聽眾，要把我們的話帶回叢林中去，讓他們以後要注意我們。我們會把所有最出色的地方都告訴你。」莫格立沒有表示反對，於是成百上千隻猴子聚集到平台上，聽他們的歌手唱班達─洛格的頌歌。每當歌手停下來喘氣的時候，他們就會一齊嚷道：「這是真的；我們都這麼講。」這時莫格立也眨眨眼，點點頭；現在只要猴子們問他問題，他都答「是」，他腦子都快被這噪音吵暈了。「豺狼塔巴奇一定咬過他們，」莫格立自言自語道，「所以他們現在都瘋了，肯定是瘋了。他們難道從來不睡覺嗎？有片雲彩遮住了月亮了。如果雲彩很厚很寬，我也許能乘著天黑逃出去。不過我太累了。」

城牆下廢棄的地溝裏，莫格立的兩位朋友也正在注視著同一塊雲彩，他們明白猴子們人多勢眾，不想無謂的冒險。猴子只有在一百比一的優勢下才會和你搏鬥，而叢林中的動物很少願意接受這種極不公平的挑戰。

「我爬過西牆，」卡阿低聲道，「利用斜坡迅速衝下去。他們不會成百上千地跳到我身上，但是──」

「我知道，」巴格希拉說。「巴魯要在就好了；但我們只有盡力而爲了。那片雲彩一遮

住月亮，我就衝到平台上去。他們正爲那個孩子的事開會呢！」

「捕獵順利，」卡阿陰森地說了一句，便緩緩地滑向西牆。西牆恰好被破壞得最輕，大蟒費了半天功夫才爬上石牆，因此稍稍耽擱了一會。雲彩遮住了月亮，莫格立正想著下面會發生什麼事，忽然聽到平台上巴格希拉輕輕的腳步。黑豹幾乎是無聲無息的衝上斜坡，馬上投入了戰鬥——他知道沒有時間和猴子們撕咬——他在猴子中左衝右突，想突破圍坐在莫格立四周五、六十層的猴子圈。猴子們開始被打得滿地打滾、亂踢亂蹬，又憤怒又恐懼地嚎叫，突然有隻猴子喊道：「只有一隻！殺了他！殺！」一大群猴子衝上來圍住巴格希拉又咬、又抓、又撕，又拽，還有五、六隻抓住莫格立，拖著他爬上夏宮的牆，把他從拱頂坍塌的洞口扔了下去。這是從十五英尺高的地方被扔下來，要是換了人教育出來的孩子，肯定被摔慘了，但莫格立按照巴魯教他的方法落下來，兩條腿穩穩地站在地上。「待在這兒，」猴子們喊道，「等我們先把你的朋友殺了，再來和你玩——如果那時那些有毒的傢伙，還讓你活著的話。」

「我們血脈相通，你和我。」莫格立立刻學著蛇的口令。他聽見自己周圍的碎石堆裏到處是「沙沙——嘶嘶」的聲響，爲了保險，他又喊了一遍。

「別衝動！頭都低下來！」莫格立聽見許多低沉的聲音（**每個印度的廢墟都遲早會成為蛇的聚居地，這座古老的夏宮裏住的都是眼鏡蛇**）。「站在那兒別動，小兄弟，你的腳可能踩著我們。」

莫格立盡量一動不動地站著，他透過窗格向外看去，只聽黑豹周圍傳來激烈的搏鬥聲——猴子們的嚎叫聲、嘰喳聲、扭打聲，還有黑豹深沉沙啞的咳嗽聲。巴格希拉倒退了幾步，又猛地躍起，扭動著身體，衝入成群的猴子中。有生以來，巴格希拉第一次要為活命而搏鬥。

「巴魯一定就在附近；巴格希拉不會一個人來，」莫格立想；於是，他大聲喊道：「到蓄水池那兒去，巴格希拉。滾到蓄水池那兒，滾過去，跳下去！跳到水裏！」

巴格希拉聽到莫格立的叫喊，喊聲增添了他新的勇氣——現在他知道莫格立是安全的。他拚著命一寸一寸地邊打邊對蓄水池那邊跑。突然，從離猴子最近的破牆那邊傳來巴魯隆隆的戰鬥吼聲。這隻老棕熊已是竭盡勞力了，但還是不能更早趕到。「巴格希拉，」他大喊道，「我在這。我翻山越嶺！我緊趕慢趕！阿嗚啦！我腳下飛沙走石！我來啦，嘿，你們這些卑鄙無恥的班達－洛格。」他喘著粗氣爬上平台，馬上就淹沒在一群猴子包圍之中。大熊一屁股坐在地上，伸出兩隻前爪，一把抱滿猴子，然後開始「啪——啪——啪」有節奏地打起來，就像蹼輪拍水一樣。

莫格立聽到「撲啦」一聲，接著傳來「嘩嘩」的水聲，他知道巴格希拉終於打到蓄水池邊，跳下去了，猴子們是不敢下水的。黑豹在水裏喘著粗氣，頭剛剛露出水面，猴子們站在紅色的石階上，把水池圍了三圈，他們惱怒地跺跳著，準備一旦巴格希拉從水池裏爬出來幫助巴魯，他們就從四面八方撲上去。這時，巴格希拉抬起他滴水的下巴，絕望地發出蛇的萬能口令，向卡阿求助！「我們血脈相通，你和我」——因爲他感到卡阿在最後一分鐘改變了主意退縮了。巴魯這時被猴子們逼到平台邊上，快要喘不上氣了，但聽到黑豹求援的呼喊也不禁笑了出來。

卡阿剛剛翻過西牆，落地時身子一扭把一塊蓋石甩進了溝裏。他不希望失去地勢上的優勢，他盤起身體，然後又展開，以確信身上每一塊肌肉都狀況良好。同時，巴魯那邊的戰鬥還在繼續著，猴子們圍著巴格希拉嚎叫著，蝙蝠四處飛舞，把這場搏鬥的消息傳遍整個叢林。連野象哈蒂也挺起長鼻子叫了起來。遠處，散居的猴子們被驚醒了，順著他們樹上的道路蹦著跳著趕到冷城助戰。搏鬥的聲響還把幾英里外的鳥兒都吵醒了。

這時，卡阿飛速直衝了下來，急切而凶狠。一條大蟒戰鬥的力量在於他頭部猛烈的一擊，而他頭部的力量又是靠他全身的力氣和龐大的體重支撐的。如果你能想像出一根重達半噸的長矛，或是撞牆錘，或是鐵榔頭在一個冷酷而清醒的頭腦控制之下運動是怎樣一個情形，你就可以大約想像出卡阿搏鬥時的樣子。一隻四、五英尺長的蟒蛇，如果一擊正中人的胸部，可以將那人打倒，而你要知道，卡阿有三十英尺長。他的第一下便對準圍攻巴魯的猴子們的中心——這一下已把猴子打得目瞪口呆，再用不著第二下了。猴子們紛紛四散逃竄，嘴裏呼喊著：「卡阿！卡阿來了！快逃啊！快逃啊！」

一代代的猴子只要長輩一講起卡阿的故事，就都會被嚇得老老實實的。故事裏講卡阿晚上偷襲時，能像苔蘚生長一樣無聲地順著樹枝滑過來，吃掉最強壯的猴子；講老卡阿可以把自己僞裝得像一根枯樹枝，或是腐爛的樹幹。即使是最聰明的猴子也會被他騙過，直到樹枝活起來抓住他。卡阿是猴子在叢林中最害怕的動物，因爲沒有哪隻猴子知道他到底有多大力量，沒有哪隻猴子敢直視他的臉，更沒有哪隻猴子從他的擁抱中生還過。猴子們四處奔逃，爬到牆上、房頂上，嚇得話都說不清了；巴魯總算長長地舒了口氣。他的皮比巴格希拉要厚得多，就這樣在搏鬥中還是被抓得生痛。

卡阿沉默了這麼久，終於張開嘴，發出一陣嘶嘶聲，遠處的猴子聽到了都急忙爬到冷城的護牆四周，蜷縮著待在那兒，站滿猴子的樹枝彎曲下來發出咔咔的聲響。站在牆上和房子裏的猴子也停止了叫喊，冷城裏一片寂靜，莫格立聽到巴格希拉從水池裏爬了上來，嘩嘩地

抖著濕透了的身子。突然，混亂又開始了。猴子們有的高高地跳到牆上；有的爬到城上蹦來蹦去，有的抱住巨大的石頭雕像的脖子尖叫著。莫格立在夏宮內跳著舞，眼睛透過窗格盯著窗外，呲著牙齒學著貓頭鷹叫，以表示他的嘲笑和鄙視。

「快把人崽子從籠子裏救出來；我幫不上什麼忙了，」巴格希拉喘著粗氣。「我們帶上人崽子快走。他們等會又該進攻了。」

「沒有我的命令，他們不敢動。待在那兒！」卡阿嘶嘶地叫著，小城又安靜了下來。

「兄弟，我沒法再早點趕到了，但我想我聽到了你呼救。」——這是對巴格希拉說的。

「我——我也許可能在搏鬥中喊了聲，」巴格希拉回答道。「巴魯，你受傷了嗎？」

「我不清楚他們是不是已把我撕成一百頭小熊了，」巴魯搖了搖一條腿，又搖了搖另一條腿，痛苦地說著，「噢！我渾身都痛。卡阿，我們欠你的，我想，我們欠你兩條的命——巴格希拉和我的。」

「別放在心上。那個小人在哪兒？」

「這兒，被困住了。我爬不出來。」莫格立喊道。殘破的圓頂正好在他頭上。

「把他弄走。他蹦蹦跳跳得像孔雀瑪奧，他會踩我們的孩子。」裏面的眼鏡蛇說。

「哈！」卡阿笑著說，「他到哪兒都有朋友，這個小人。向後站，小人；還有我那些有毒的兄弟，快藏起來。我要打倒這堵牆。」

卡阿仔細觀察了一下，在一塊大理石窗格上找到一條掉了色的糊裂縫做爲突破點，先用頭輕拍兩三下量量距離，然後抬他六英尺長的上身，鼻子在前，攢足力量，加上自己半噸重的身體，猛地砸了上去。窗戶「轟——」的一聲倒了，化作一陣煙塵和碎石。莫格立從缺口躍了出來，一下跳到巴魯和巴格希拉中間——一隻胳膊摟著一個的脖子。

「你受傷了嗎？」巴魯輕輕地抱著莫格立說。

「我渾身痛，也餓了，不過一點也沒擦著。可是，噢，猴子對你們可夠狠的，我的好兄弟！你們流血了。」

「他們也流血了。」巴格希拉說。他舔了舔嘴唇，看著倒在平台上和水池邊的死猴子。

「這沒什麼，沒什麼，只要你平安無事。噢，所有的小動物中，你是我的驕傲！」巴魯嗚嗚說。

「這一點我得以後再下結論，」巴格希拉用一種冷冷地，令莫格立生厭的語調說。「這是卡阿。我們欠他一場搏鬥，你欠他一條命。莫格立，按我們的老規矩謝謝他。」

莫格立轉過身，看見一隻巨大的蟒蛇，蛇頭挺起來比他高出足足一尺。

「看來這就是那個小人，」卡阿說。「他的皮膚很柔軟，而且他和班達－洛格長相也差不多。當心點，小人，當心哪天我在換新衣服，天黑時別把你當成一隻猴子啦！」

「我們血脈相通，你和我，」莫格立回答道。「今晚，是你救了我的命。以後只要你餓了，我的捕獲就是你的捕獲，噢，卡阿。」

「謝謝，小兄弟，」卡阿回謝道，儘管他眨了眨眼睛。「像你這樣勇敢的獵手能殺死什麼呢？下次你捕的時候，我倒很想跟著瞧瞧。」

「我什麼也殺不死——我太小——但我可以把羊群趕到你能吃他們的地方。不信，你肚子裏空了就來找我，看我說的是真是假。我這個（莫格立伸出雙手）倒有些本領，要是你們誰中了圈套，我也許可以藉此還我欠你、巴格希拉和巴魯的債。祝你們捕獵順利，我的恩人們。」

「說得好，」巴魯咕嚕道，因爲莫格立確實很漂亮地表達了他的感謝。大蟒低下頭，輕輕地在莫格立肩上搭了片刻。「你有一顆勇敢的心和一張禮貌的嘴，」他說，「它們會幫你認遍叢林的，小人。不過現在最好和你的伙伴馬上離開這裏。回去好好睡一覺，月亮快落了，接下來的事情你們還是不要看的好。」

月亮徐徐地落到了山的背後，圍牆上，城垛上，猴子們顫抖著成排地擠在一起，看上去就像一圈破爛的褶邊。巴魯跑到水箱邊上喝水，巴格希拉開始梳理他的毛，卡阿滑到平台的中央，「啪——」的一聲合了下嘴，霎時間猴子們的目光都被吸引過來。

「月亮落下去了，」他說。「還能看得見嗎?」

從圍牆邊來長長一聲嗚咽，如同風掃過樹梢一般：「我們看得見，卡阿。」

「好極了。現在，我開始跳舞——卡阿飢餓的舞蹈。乖乖地站在那裏瞧著。」

卡阿轉動著身體畫了一個大圈又一個大圈，蛇頭不停地在中央晃來晃去。緊接著，他的身體開始不斷地變幻形狀，由圓圈變成8字形，柔軟的三角形、四邊形、五邊形、螺旋形……一刻不停，又不緊不慢，嘴裏還不停地嘶嘶叫著。天愈來愈黑，最後那個挪動的、變幻的圓圈不見了，但仍可聽到蛇鱗沙沙的響聲。

巴魯和巴格希拉石頭一樣呆立著，嗓子裏發出咕咕的聲音，脖子上的毛都豎了起來，莫格立迷惑不解地觀望著。

「班達—洛格，」終於，卡阿發話了，「沒有我的命令，你們誰的手腳能動一動?回答!」

「沒有你的命令，我們誰的手腳都動不了，噢，卡阿!」

「好極了!朝我走近一步。」

一排排的猴子們不由自主地都向前晃動了一下，巴魯和巴格希拉也隨著他們木然地向前跨了一步。

「再近點！」卡阿嘶嘶地叫著。他們又都向前跨了一步。

莫格立用手拉了拉巴魯和巴格希拉，想叫他們離開，兩隻猛獸驚得跳了起來，彷彿剛從夢中被喚醒。

「手就放在我肩上，」巴格希拉低聲道，「放在那兒，否則我肯定又回到——回到卡阿那兒去了。啊！」

「只不過是老卡阿在土裏打轉轉，」莫格立說；「我們走吧。」他們三個人從圍牆的一條裂縫中溜了出去，回到叢林裏。

「呼——」一回到靜靜的樹林中，巴魯不禁長舒了一口氣說，「我再也不和卡阿一起打獵了。」他渾身上下抖了抖。

「他比我倆兒懂得多，」巴格希拉有些顫抖地說。「我要再在那兒待會兒，肯定就從他喉嚨裏滑下去了。」

「月亮再次升起之前，會有不少猴子走那條路的，」巴魯說。「他會好好獵食一番的——用他自己的方式。」

「但他的舞蹈又有什麼意義呢？」莫格立對大蟒迷倒人的力量一無所知。「我看只不過是條大蛇愚蠢地轉圈，轉呀轉呀轉到天黑。而且，他的鼻子還是腫的。嘿嘿！」

「莫格立，」巴格希拉生氣地說，「他的鼻子是爲了你才腫的；還有我的耳朵、嘴角、爪子，巴魯的脖子、肩膀，也都是爲了你才被咬破的。巴魯和巴格希拉得有些日子不能輕輕鬆鬆地捕獵了。」

「沒什麼，」巴魯說：「好在莫格立又和我們在一起了。」

「沒錯；但是他讓我們付出的代價太大了，費去了許多獵食的時間，你我都受了傷，我們的毛——我背上的毛險些被拔光了，而且，最重要的一點——我們的尊嚴。想想，莫格立，我，林中的黑豹，被迫向卡阿求救；還有，我和巴魯都被他的獵舞弄傻了，傻得像兩隻小鳥。這一切一切，人崽子，都是你和班達—洛格玩在一起惹來的。」

「是，是這樣，」莫格立難過地說。「我是個壞孩子，我心裏也爲自己感到難爲情。」

「嗯——叢林法則是怎麼說的，巴魯？」

巴魯不想讓莫格立難堪，但他也不能竄改法則，只好咕噥道：「悔恨不能阻止懲罰。可別忘了，巴格希拉，他還小呢。」

「我知道；但他做錯了事，現在就必須受責打。莫格立，你還有什麼要說的？」

「沒有。我錯了。害得巴魯和你都受了傷。受罰是應該的。」

巴格希拉愛撫式地拍了莫格立幾下，對一隻黑豹來說，這幾下還不足以喚醒他的孩子；但對於一個七歲的小男孩，就無異於一頓誰都想逃過的狠揍。打完了，莫格立打了個噴嚏，站起身，一句話也沒說。

「現在，」巴格希拉說道，「跳到我背上來，小兄弟，我們回家。」

叢林法律的一大妙處就是懲罰能扯平一切。以後誰也不會再爲此事喋喋不休。

莫格立頭靠在巴格希拉的背上睡著了。他睡得那麼香甜，以至於回到洞穴把他放在狼媽媽的身邊時，他都沒有醒過。

班達—洛格的路歌

讓我們開始掛在樹上舞蹈，
在半空中朝著嫉妒的月亮奔跑！
你難道不羨慕我們跳躍的節奏？
你難道不希望自己多幾隻手？
你難道不喜歡自己的尾巴能——，

能捲起來像丘比特的弓？
現在你生氣了，但——不要緊，
兄弟，你的尾巴就掛在你的身後！
我們並排坐在枝頭，
想著多少美麗的東西是我們夢寐以求；
更有多少事情令我們嚮往，
但這一切一切，一兩分鐘都被遺忘——
世間萬物無論多麼高貴、華麗、美好，
我們只需想想就可以得到。
現在我們要想——不要緊，
兄弟，你的尾巴就掛在你的身後！
叢林中誰的談話我們都聽夠，
無論是蝙蝠、鳥類，還是野獸——
無論他披的是獸皮、魚鰭、羽毛還是鱗片——
讓我們一些學著嘰嘰喳喳地念！

好極了！妙極了！再來一遍！

我們現在就像人類一樣能說能談。

讓我們裝作是……不要緊，

兄弟，你的尾巴就掛在你的身後！

這就是我們猴子的方式。

快快加入我們跳躍的行列，一起飛過那一棵棵松樹，

一直衝上高高的細枝，那裏掛著野葡萄搖擺不停。

我們是在製造高貴的聲響，別認為我們語言粗魯，

我們要去做一件偉大的事情，這次一定，一定！

（王津陽／譯）

第七章　老虎的末路

老虎西里汗聽到他們雷鳴般的腳步聲，爬起身來，拖著沉重的身體往河溝下游跑，邊跑邊從左右張望，想找條路逃走。可是河溝兩岸都是直上直下的，他只好繼續往前走，肚子裡裝滿了食物，笨重不堪。只要能不打仗，他什麼都願意幹。

勇敢的獵手啊，近況怎樣？
兄弟啊，那守候又冷又長。
你去捕殺的獵物他怎樣？
兄弟啊，他還在林間吃草徜徉。
曾讓你驕傲的力量它哪裏去了？
兄弟啊，它從我身上溜走了。
你這是去哪裏，這麼匆匆忙忙。
兄弟啊，我回家去——去等待死亡！

現在我們得回到之前的故事去了。在會議岩，莫格立和狼群鬥了一場，這以後他離開狼穴，下了山，走到村子裏人住的耕地那兒，可是他不打算就停在這裏，因爲這裏離叢林太近了，而他知道自己在叢林裏至少樹了一個惡敵。所以他順著通向山谷的那條崎嶇的路走啊走啊，不急不徐地走了大概二十英里，最後在一個他從沒到過的地方停下了。

山谷已經走完了，谷外是一大片平原，平原上岩石星羅棋布，河流縱橫交錯。平原盡頭是個小村子，另一邊茂密的叢林順著山坡一瀉而下，一直通到牛群吃草的牧場。叢林到這裏戛然而止，像是給人一鋤頭砍斷了似的。平原上散布著吃草的黃牛和水牛。那些牧童一看到莫格立就大喊大叫起來，拔腿飛奔，那種在每個印度村子周圍都能見到的黃毛野狗也跟著狂吠。莫格立繼續往前走，因爲他餓了。他走到村口，看到黃昏時用來擋在門口的一大叢荊棘給推到了一邊。

「啊哈！」他說。以前他夜裏在外面游蕩著尋找食物的時候看到過不止一個這樣的路障。「這麼說這裏的人也怕叢林裏的居民。」他在門邊坐下了。看到一個人走出來，莫格立就站了起來，張開嘴，指指嘴巴，表現自己想吃東西。那個人瞪著他呆呆看了一會兒，扭身跑到村裏唯一的路上，大聲叫著祭司。祭司又高又胖，穿著一身白衣服，額頭上點著塊又黃又紅的東西。祭司來到門口，身後跟著至少一百多個人。人們瞪著莫格立，嘰嘰喳喳、吵吵嚷嚷、指指劃劃的。

「這些人根本不懂禮貌，」莫格立對自己說，「只有灰猴子才會像他們這樣呢！」於是他把長髮甩到腦後，對著人群皺了眉頭。

「這有什麼好怕的？」祭司說。「看看他胳膊上腿上的傷疤。那是給狼咬的。他不過是個從叢林裏逃出來的狼孩罷了。」

當然，他們一起玩的時候，小狼崽們經常無意間咬傷了莫格立，所以他四肢上全是白色的傷疤。可是莫格立絕對不會說這是給咬的，因爲他非常清楚真正被咬一口是什麼滋味。

「哎喲！哎喲！」兩、三個女人一起說道，「讓狼給咬了，可憐的孩子！他長得挺漂亮，他的眼睛紅得像火。我說，麥索阿，他看起來難說不像你那個給老虎叼走的兒子。」

「讓我看看，」一個女人說，她的手腕和腳踝上都戴著許多沉甸甸的銅鐲子。她把手搭在額頭上，仔細看著莫格立「他當然不是我兒子，他要瘦一些，不過看起來和我兒子一個樣兒。」

祭司是個聰明人，他知道麥索阿是村子裏最有錢的人的妻子。他抬頭看了會兒天，然後正經八百地說：「叢林奪去的，它又還回來了。我的好姊妹，把這孩子帶回家吧，別忘了向祭司表現敬意，他能看透人的命運呢？」

「以買我性命的那頭公牛的名義起誓，」莫格立對自己說，「這一套多像另外一種形式的被狼群接納的儀式啊！好吧，既然我是個人，我就一定要當個真正的人。」

那個女人招著手，示意莫格立跟她去她的茅屋，人群也就散了。屋裏有一副紅漆床架，一個很大的陶製的穀箱，上面刻著奇特的浮雕圖案，有五、六個銅鍋，牆上有個小壁龕，裏面供著一尊印度神像，牆上還有面真正的鏡子，就是集市上賣的那種。

她給了他一大杯的牛奶，還給了些麵包，然後把手放到他的頭上，凝視著他的眼睛；因爲她想他可能真是她那個被老虎叼走的兒子，又從叢林裏回來了。於是她說，「那蘇，噢，那蘇！」莫格立好像從沒聽過這個名字，「你不記得我給你一雙新鞋的那天了嗎？」她摸了摸莫格立的腳，它幾乎像牛角一樣硬。「不，」她傷心地說，「這雙腳從來沒有穿過鞋子。不過你非常像我的那蘇，你就做我的兒子吧！」

莫格立覺得不自在，因爲他從來沒有在房子裏待過。不過他看了看那個茅屋，發現自己不管什麼時候想走，隨時都可以把茅草頂撕開，而且窗子上還沒有窗栓。他終於對自己說：「是個人卻不懂人類的語言，這又有什麼好處呢？我現在又傻又聾，就像人類在叢林裏和我們待在一起時一樣。我一定得學會他們的話。」

他在叢林裏和狼群待在一起的時候，學著模仿過大公鹿的挑戰聲，也模仿過小野貓的哼哼聲，那可不是爲了鬧著玩的，所以麥索阿一說什麼，莫格立就能一點不錯地模仿出來。天還沒黑，他就已經學會了茅屋裏很多東西的叫法。

睡覺時麻煩來了，因爲莫格立不願意睡在屋裏，它看起來那麼像獵豹用的陷阱。他們鎖上門，他就從窗子出去了。「由他去吧，」麥索阿的丈夫說，「你得記住，直到現在爲止，他還從沒在床上睡過覺呢！他要真是上天派來做我們的兒子的，他就不會跑掉。」

莫格立在田邊長長的、乾淨的草堆上躺了下來。可是他還沒閉上眼睛，一個柔軟的灰鼻子就已經在拱他的下巴啦！

「嗚！」灰哥哥說（**他是狼媽媽最大的孩子**），「跟著你走了二十英里卻得到這樣的報答。你身上有一股柴火味，還有牛的味道——已經像個地地道道的人啦！醒醒，小弟弟，我帶來些消息。」

「叢林裏大伙兒都好嗎？」莫格立說著擁抱了他。

「都好，除了那些被紅花燒傷的狼。聽著，西里汗走了，到很遠很遠的地方捕食去了，等到他的皮毛長出來後再回來，他可給燒得不輕。他發誓說回來以後要讓你埋骨在韋恩根格河。」

「那可不一定，我也立下了一個小小的誓言呢！不過有消息總比沒有好。今天晚上我累了——好多好多新東西累壞我了，灰哥哥——不過，你得一直給我帶消息來啊！」

「你不會忘了你是一頭狼吧？人類不會讓你忘了這一點吧？」灰哥哥急切地問。

「永遠不會。我會一直記得我愛你，愛我們家裏所有的人；但是我也會一直記得，我已經被狼群趕出來了。」

「你可能還會被趕出另外那一群的。人終究是人，小弟弟，他們說起話來就像池塘裏的青蛙一樣。我下次下山來，會在牧場邊的竹林裏等你的。」

那天晚上以後，有三個月之久，莫格立幾乎就沒出過村門，他忙著學習人類的習俗和習慣。首先，他不得不在身上圍塊布，這讓他非常惱火；其次他不得不學會了解錢這個玩藝兒，而他根本就搞不懂這個；他還得學著耕地，他卻根本看不出這有什麼用。

還有，村子裏的小孩們惹得他非常生氣。幸而叢林的法則教會了他克制住自己的脾氣，因爲在叢林裏，要想保證生命安全，保證能找到食物吃，就不可亂發脾氣。可是，小孩子們有時候嘲笑他不願意玩遊戲、不願意放風箏，或是嘲笑他哪個詞說得不準，這種時候，只是因爲他知道殺死那些光溜溜的小崽子算不上本事，才沒有把他們舉起來扯成兩半。

他根本就不知道自己力氣有多大。在叢林裏，他知道和野獸們比自己力氣很小，可是在村子裏，人們說他像牛一樣壯。

莫格立也根本搞不懂人和人之間因爲種姓不同造成的差別。一次陶匠的驢子失足跌進了陶土坑，莫格立揪著牠的尾巴把驢子拽了出來，陶罐要拿到卡里瓦拉的市場上去賣，莫格立還幫著把他們裝上車。那可是駭人所聞的，因爲陶匠的地位很低賤，他的驢子就更糟糕了。祭司責備他的時候，莫格立還威脅說要把祭司也扔到驢子上去，祭司於是對麥索阿的丈夫說，最好盡早送莫格立去幹活兒吧；村子裏的頭人告訴莫格立，他第二天就得和牛群一起出去，在他們吃草時看著他們。沒有誰比莫格立更高興了。

村裏一棵大無花果樹下有一個磚砌的平臺，每天晚上有很多人聚在那裏。那是村裏的俱樂部，很多人去那裏抽菸，有村子的頭人，有巡夜的，有剃頭匠（他知道村裏的一切小道消息），還有老布爾杜，村裏的獵人，他有杆陶爾牌老火槍。猴子們坐在頭頂上高高的樹枝間嘰嘰喳喳的，平臺下面有一個洞，洞裏住著一條眼鏡蛇，每天晚上他都可以享受到一小盤牛奶，因爲他是怪物。老頭子們坐在樹下聊天，抽著大的呼咔（水菸袋），一直到深夜。他們講些神仙啦人啦鬼怪啦之類的故事。布爾杜的故事更精彩，講的是野獸，因爲叢林幾乎就在他們門口。鹿和野豬連根拔起他們的莊稼，不時有隻老虎在黃昏時叼走一個人，從村口都能看見。

他們談到的，莫格立當然都知道一些，他不得不搗住臉，好不讓別人看出他在笑。布爾杜膝蓋上架著陶爾牌火槍，一個接一個地講故事，一個比一個更吸引人，莫格立卻抖著肩膀。

布爾杜正在解釋，說叼走麥索阿的兒子的老虎有鬼魂附身，他身上附了一個可惡的放高利貸的老頭的鬼魂，那老頭幾年前死了。「我知道這是真的，」他說，「因爲在他的帳本給燒掉的那次暴亂中，普潤達斯挨了一下，從此就瘸了。而我說的那頭老虎，他也瘸；他的腳印不一樣深淺。」

「真的，真的，那一定是真的。」灰鬍子老頭兒們說，一起點著頭。

「這些故事都這麼老掉牙，都這麼胡說八道嗎？」莫格立說。「那頭老虎瘸，因爲他生下來就這樣，這誰都知道。說什麼放高利貸的人的鬼魂附在了從來連豺狗的勇氣都沒有的畜牲身上，這全是蠢話。」

有那麼一陣兒，布爾杜吃驚得說不出話來，頭人也目瞪口呆。

「啊哈！是那個叢林裏來的小雜種吧，是不是？」布爾杜說。「你要是這麼聰明，最好還是把老虎皮帶到卡里瓦拉去吧，政府爲牠懸賞了一百盧比呢！要不然，最好別在長輩說話時插嘴。」

莫格立起身要走。「整個晚上，我都躺在這兒聽著呢，」他回過頭說。「布爾杜說的關於叢林的故事，只有一兩句是真話。叢林還就在他的家門口呢！那麼叫我怎麼去相信他說他見過的什麼鬼呀神呀妖精的故事呢？」

「這個孩子真的該去放牛了，」頭人說。布爾杜噴著煙，被不懂規矩的莫格立氣得呼哧呼哧的。

絕大多數的印度村子的習慣是派些男孩子大清早把黃牛、水牛放出去吃草，晚上再趕回來。一頭牛能把一個白人踩死，卻心甘情願讓那些還不到牠們鼻子那麼高的小孩子抽打吆喝。孩子們只要和牛群待在一起就是安全的，因爲即使是老虎也不會向一群牛進攻。可他們要是走散開去摘野花或是捉蜥蜴了，有時候就給叼走了。

清晨，莫格立騎在碩大的頭牛拉瑪背上，從村裏的大路上走過，那些藍灰色的水牛，挺著長長的向後彎的角，瞪著凶猛的眼睛，就一頭頭從牛棚裏走出來，跟著拉瑪走了。莫格立向和他在一起的孩子們清楚地表現，自己是頭兒。他用一根長長的、磨得發亮的竹竿抽打水牛，告訴一個放牛的孩子卡米亞，讓他們去放黃牛，千萬小心別離牛群太遠了，他自己卻和水牛群繼續往前走。

印度的牧場上到處是岩石、灌木叢、雜草和一條條小河溝，牛群走進去就散開不見了。水牛總是待在水池邊和泥濘的地方，他們常一連好幾個小時躺在溫暖的泥漿裏打滾或者曬太陽。莫格立趕著牛群到了平原的邊緣，韋恩根格河流出叢林的地方；然後他從拉瑪背上跳下來，跑進一叢竹林裏，找到了灰哥哥。「啊！」灰哥哥說，「我在這兒等了好多好多天了。你幹這種放牛的活兒有什麼意思？」

「這是命令，」莫格立說。「我得當一陣兒村子裏的牧童了。西里汗有什麼消息？」

「他回來了，在這兒等你很久啦，因爲獵物太少，他現在又走了。可是他打算殺了你。」

「很好，」莫格立說，「只要他不在這兒，你或是四兄弟裏隨便誰就坐到那塊石頭上，那樣我一出村子就能看到你們了。平原中央有棵達卡樹，樹旁有個河溝，他要是回來了，你們就在那兒等我，我們不用走到西里汗的嘴巴裏去。」

然後莫格立找了塊蔭涼的地方，躺下睡著了，牛群在他周圍吃草。在印度，放牛是世界上最懶散的事情之一。黃牛走走停停，吃幾口草，躺下，再爬起來走走，甚至都不吭一聲，牠們只哼哼。水牛很少說什麼，只是一頭跟著一頭走到泥塘裏往泥裏鑽，水面上只剩下鼻子和瓷藍色的眼睛，牠們躺在那兒，就像是一截截木頭。陽光照在岩石上，照得石頭都跳起舞來啦。

放牛的孩子們能聽見一隻禿鷲（永遠是一隻）在頭頂上幾乎看不見的地方打著呼哨。他們知道，要是自己死了，或者哪頭牛死了，那隻禿鷲就會撲下來。幾英里外的另一隻禿鷲看見牠下降，也會跟過來，再過幾英里還有一隻，再過幾英里還有一隻……他們還沒有死透呢，身邊就已經圍著二、三十隻不知從哪兒來的禿鷲了。孩子們睡睡醒醒、醒醒睡睡，或者用乾草編個小籃子把螞蚱放進去，或者逮兩隻螳螂讓他們鬥著玩，或者用叢林裏紅的黑的漿果穿一串項鏈，或者觀察一條蜥蜴在石頭上曬太陽，觀察一條蛇在水坑附近逮青蛙。他們還唱很長很長的歌，結尾處帶著當地特有的顫音。

在那裏，每一天都過得好像比大多數的人一輩子還長。也許他們會用泥做個古堡，裏面有泥捏的人、馬和水牛，他們在人的手裏塞一根蘆管，假裝自己是國王，那些泥像是他們的衛隊，或者假裝自己是神，應該受人膜拜。夜晚來臨了，孩子們放聲吆喝，水牛笨重地從黏乎乎的泥裏爬出來，發出槍響一樣的聲音，然後牠們一頭跟著一頭排著隊似的穿過灰色的平原，向村裏閃爍的燈光走去。

每天，莫格立都把水牛帶到牠們的水塘邊去，每天他都能看到平原那頭一英里半以外的地方灰哥哥的身影（於是他知道西里汗還沒有回來），每天他都躺在草地上傾聽周圍的動靜，回憶以前在叢林裏的時光。在那些寂靜而又漫長的上午，如果西里汗用他的瘸腿在韋恩格河附近的叢林裏走錯了一步，莫格立是一定會聽到的。

終於有一天，在老地方他沒看到灰哥哥，他笑了趕著水牛去了那棵達卡樹邊的河溝，樹上開滿了金紅色的花。灰哥哥坐在那兒，背上的毛一根根豎立著。

「他躲了一個月，好讓你放鬆警惕。他昨天夜裏和塔巴奇一起翻過了山，正急急地追蹤你呢！」灰哥哥喘著氣說。

莫格立皺了皺眉頭：「我不怕西里汗，可是塔巴奇很狡猾。」

「別怕，」灰哥哥說，舔了舔雙唇。「我早上碰到塔巴奇了，他這會兒正向禿鷲們賣弄他自己有多聰明呢！不過，在我還沒有摔斷他的脊梁骨以前，他把什麼都告訴我了。西里汗計劃今晚在村門口等你——等你或是等別的什麼人。他現在躺在韋恩根洛的大乾河溝裏呢！」

「他今天吃東西了嗎？還是空著肚子來抓我？」莫格立說，這個問題的答案對他來說生死攸關。

「他早上捕食了——吃了隻豬——他還喝了水。記住，西里汗永遠也不會空著肚子的，哪怕是爲了報仇。」

「哦！蠢貨，蠢貨！真是個小崽子！吃飽了，還喝足了，他還以爲我會等他睡醒了呢！告訴我，他在哪裏睡覺呢？只要有十頭牛，我們就可以乘他睡覺的時候幹掉他了。可是他們是不會進攻的，除非嗅到了他的味道，我又不會說他們的話。我們能不能繞到他的腳印後面去，讓他們聞聞他的味道？」

「他在韋恩根格河裏游了一大圈，把味兒洗掉了。」灰哥哥說。

「塔巴奇叫他那麼做的，我就知道。他自己絕對想不到。」莫格立咬著一根手指想了想。「韋恩根格的大河溝，它在不到半英里的地方開了口。我能趕著牛群繞過叢林，走到河溝的上游去，然後衝下來——可是他會從下游溜走的。我們得把那頭也堵住。灰哥哥，你能

不能把牛分成兩群？」

「我可能不行——不過我帶來個聰明的幫手。」灰哥哥跑開了，跳到一個洞裏，從那兒鑽出個莫格立熟悉的巨大的灰腦袋，灼熱的空氣裏立刻就回響起叢林裏最淒涼的叫聲——正午時分狼捕獵時發出的嗚叫。

「阿克拉！阿克拉！」莫格立拍著手說，「我早該知道你是不會忘記我的。我們手頭上有件了不起的活兒呢！把牛分成兩群一群，阿克拉。母牛和牛犢成一群，公牛和耕牛成另一群。」

兩頭狼跑了起來，像女子跳並肩舞似的，在牛群裏跑進跑出。牛噴著響鼻揚起頭，分開了。其中一群母牛把牛犢護在中間，瞪著眼睛，蹄子刨著土，狼要是膽敢站在那兒不動，她們就隨時準備著把他踩扁。另一群裏，公牛和小公牛噴著響鼻到處亂竄。不過，儘管公牛看起來更可怕，因爲沒有牛犢需要他們保護，他們並沒有母牛危險。就是六個人也不能這麼迅速地把牛分開。

「還有什麼命令？」阿克拉喘著氣問。「他們又想並到一起去了。」

莫格立爬上拉瑪的背，「阿克拉，把公牛往左趕。灰哥哥，我們走了以後，把母牛趕到一起去，從河溝下游往裏趕。」

「往裏走多遠？」灰哥哥問，他喘著粗氣，飛快地跑來跑去。

「一直走到河溝的堤岸高到西里汗跳不過去爲止。」阿克拉縱聲長叫起來，公牛立刻往前飛奔，灰哥哥在母牛面前停下了。母牛衝向灰哥哥，他往河溝下游跑去，母牛群緊追不捨，這時阿克拉已經把公牛遠遠地趕到左邊去了。

「幹得好！再來一次它們可就都動起來啦！小心，哎……小心點，阿克拉。你要是跑得太快，公牛就會進攻了。啊哈！這可比趕黑羊刺激多了。你原來有沒有料到這些傢伙能跑這麼快？」莫洛立叫道。

「我從前也——也捕殺過他們，那時候我還年輕，」阿克拉在揚起的塵土中氣喘吁吁的，「我要把他們趕著拐進叢林嗎？」

「好的，拐吧！讓他們飛快地拐個彎！拉瑪氣瘋啦！噢，我要是能告訴他，我今天想讓他幹什麼就好了！」

現在公牛又給往右趕了，衝進了豎在那裏的灌木叢。在半英里外看管著黃牛的其他孩子用盡力氣跑回村子，大喊大叫，說水牛都發瘋啦，都跑啦！

莫格立的計劃其實簡單得很。他想做的只不過是兜一個大圈子上山，走到河溝的入口，然後沿著河溝把牛趕下山，好在公牛群和母牛群之間把西里汗逮住。他知道，吃飽喝足之後，西里汗根本就不能衝鋒陷陣了，也根本爬不上河溝的堤岸。現在他說著話想讓公牛安靜下來。阿克拉遠遠地跟著，只偶爾嗚嗚叫一兩聲，催促落在後面的牛快一點。這個圈子兜的可真不小，他們可不想離河溝太近驚動了西里汗。

終於，在河溝上游的一片草地上，莫格立把暈頭轉向的牛群趕到一起了，沿著草地下去就是河溝了。從那個高度，你能越過樹頂看到下面的平原。可是莫格立看的卻是河溝兩邊的堤岸，他看到的那堤岸幾乎是直上直下的，而且上面長著的藤藤蔓蔓不能給一個想逃跑的老虎提供踏腳的地方，覺得非常滿意。

「讓他們喘口氣，阿克拉，」他舉起手說，「他們還沒有嗅到他的味道呢！讓他們喘一口氣。我一定要告訴西里汗是誰來了，我們把他圍在陷阱裏啦！」

他把雙手攏到嘴邊，衝著河溝喊了起來——就像是對著一條地道喊叫似的——回聲在岩石上撞來撞去。

過了很長時間，才聽到一個剛給吵醒的吃飽了的老虎還沒睡醒的慢吞吞的咆哮聲。

「誰在嚷嚷！」西里汗說。一隻漂亮的孔雀拍打著翅膀飛出了河溝。

「我，莫格立。偷牛賊，該去會議岩啦！往下衝——趕著他們衝下去，阿克拉！往下衝，拉瑪，衝啊！」

牛群在坡頂猶豫了一會兒，可是阿克拉吼叫起來了，發出了捕食時的吼叫，他們就一頭頭跌跌撞撞地衝了下去，就像輪船衝下激流一樣，他們身邊飛砂走石。一旦跑了起來，就沒辦法止住這些牛了。他們還沒有完全衝進河溝，拉瑪就已經嗅到了西里汗的氣味，發出了一聲怒吼。

「哈！哈！」莫格立坐在他的背上，說道。「你這會兒明白了吧！」黑色的犄角、吐著白沫的雙唇、瞪著的眼睛匯成了一股急流，奔騰著捲下了河溝，就像是洪水泛濫時沿江滾滾而下的巨石。體弱的水牛給擠出了隊伍，擠到了河溝兩邊，他們鑽過藤蔓往前飛奔。他們知道自己要去幹什麼！沒有哪隻老虎能抵擋得住水牛群的致命進攻，西里汗聽到他們雷鳴般的腳步聲，爬起身來，拖著沉重的身體往河溝下游跑，邊跑邊從左右張望，想找條路逃走。可是河溝兩岸都是直上直下的，他只好繼續往前走，肚子裏裝滿了食物，笨重不堪。只要能不打仗，他什麼都願意幹。牛群涉過他剛剛離開的水坑，吼叫著，窄窄的河溝裏嗡嗡作響。

莫格立聽到了從河溝下游傳來的與之相應的吼聲，看到西里汗轉過身來（**這頭老虎知道，要是事情糟到不能再糟的地步，碰上公牛也比碰上護犢的母牛強得多**）。拉瑪給什麼東西絆了一下，打了個趔趄，然後踩到一個軟乎乎的東西，公牛群緊緊跟在他後面，他們衝進了母牛群，體弱一點的牛都給撞得四蹄離地了。這一撞，把兩牛都撞出了河溝，撞到了平原上，他們支楞著犄角，跺著地，噴著響鼻。莫格立看準時機，從拉瑪的背上滑了下來，用竹枝左右抽打著他。

「快點，阿克拉！把他們分開。分開他們，要不他們就自己打起來啦。把他們趕開，阿克拉。嗨，拉瑪！嗨！嗨！嗨！孩子們。輕點，輕點，事情都過去了。」

阿克拉和灰哥哥跑前跑後，輕輕咬著牛腿，牛群又一次衝進了河溝，不過莫格立控制住了拉瑪，其他牛也就跟著他走向了平時吃草的池塘。

西里汗不再需要牛群踩他一腳了。他死了。禿鷲已經向他撲來了。

「兄弟們，他死得像條狗，」莫格立說，從脖子上掛著的刀鞘裏摸出把刀，他和人住在一起以後就一直佩著把刀。「不過，他根本就不想戰鬥的。他的皮在會議岩上看起來一定特別漂別。我們得快點幹活了。」

一個人群裏長大的孩子，根本就想不到一個人去剝一頭十英尺長的老虎的皮，可是莫格立比誰都清楚動物的皮是怎麼長的，又怎麼剝下來的。不過，這活兒還是很累人，莫格立又砍又扯，嘟噥了一個小時，兩頭狼吐著舌尖，聽到招呼就走上來幫著拽一拽。

突然有一隻手搭上了他的肩，他抬起頭，看見布爾杜背著槍站在那裏。那些放牛的孩子告訴村裏人水牛受驚了，布爾杜就怒氣衝衝地出來了，一心想教訓莫格立一頓，責備他沒有好好看管牛群。兩頭狼一看到這個人走近立刻躲了起來。

「這是什麼蠢主意！」布爾杜氣呼呼地說，「以爲你一個人就能剝下老虎皮！那些水牛在哪裏踩死他的！這還是那頭瘸腿的老虎呢，爲牠的頭還有一百盧比的賞金呢！好吧，好吧，我們就不計較你讓牛群跑掉的過失啦！也許，我把這張皮送到卡里瓦拉去以後，還能從一百盧比裏抽出一個盧比給你。」他從腰布的口袋裏摸出火石和火鐮，彎下腰，打算去燒西里汗的鬍鬚，印度絕大多數獵人都燒掉老虎的鬍鬚，生怕給牠的魂纏住了。

「唔！」莫格立說，多少像是自言自語，他那會兒正在用勁往後扯前爪上的皮，「這麼說你要把這張皮送到卡里瓦拉去領賞嘍，還可能賞我一個盧比？不過我的打算是我自己要這張虎皮有用。嗨！老頭兒，把火拿開！」

「對村裏的獵人頭領是這麼說話的嗎？你弄死這頭老虎，全靠你的運氣，還有你那些牛的蠢勁兒。這隻老虎剛吃過東西，要不然牠這會兒已經在二十英里開外啦！你甚至都不會好好地剝皮，小要飯的，還有，說真格的，我布爾杜，是該教訓教訓不準我燒鬍鬚的。莫格立，賞金裏我一個子兒也不給你了，我倒是該好好揍你一頓。別碰那老虎！」

「以買我性命的那頭公牛的名義起誓，」莫格立說，那時他正在設法剝肩上的皮。「難道我得對一隻老猴子嘮叨一個中午嗎？喂，阿克拉，這個人老惹我。」

布爾杜還彎著腰站在西里汗的頭那兒，突然發現自己四仰八叉躺倒在草地上，一隻大灰狼站在身邊，莫格立還在剝皮，好像全印度就只有他一個人似的。

「是——啊，」他從牙縫裏說，「你說的沒錯，布爾杜，你永遠也不會給我一個子兒的賞金的。這頭瘸腿老虎和我之間有一場古老的戰爭——很古老了，而且——我贏了。」

說句公道話，要是布爾杜再年輕十歲，而且是在叢林裏碰到阿克拉的話，他是會碰碰運氣和他鬥上一場的。可是，聽這個男孩子調遣的狼可是非同一般，而且這個男孩子還和吃人的老虎私下裏有什麼戰爭。這是妖術！是最最可怕的巫術啊，布爾杜想，他想知道脖子上戴著的護身符會不會保祐他。他一動不動地躺著，隨時準備著看到莫格立也變成一頭老虎。

「王爺！偉大的王啊！」他終於啞著嗓子低聲說道。

「唔。」莫格立頭也不回，格格笑了一聲。

「我老了，我原來不知道你不只是個普通的放牛娃。我能不能站起來走開，你的僕人會不會把我撕成碎片？」

「走吧，祝你一路平安。只是，下回別再攪和我的事。讓他走吧，阿克拉。」

布爾杜一瘸一拐地拚命往村裏跑，不時回頭看一眼，生怕莫格立變成了什麼可怕的怪物。他回到村子以後，講了個巫術、魔法還有妖術的故事，祭司聽後臉色非常難看。

莫格立繼續幹手上的活，可是直到將近黃昏的時候，他和兩隻狼才把那張色彩斑斕的大虎皮完完全全地剝了下來。

「現在我們得把它藏起來，把牛趕回去！幫我趕他們回家吧，阿克拉。」

天色昏暗，微微地了些霧，牛群集中起來了。他們走進村子的時候莫格立看到了燈光，聽到海螺在吹、大鐘在敲，好像村裏一半的人都在門口等著他呢！「這是因爲我殺了西里汗。」他對自己說道。可是，一陣石雨從他耳邊呼嘯而過，村人叫道：「巫師！狼崽子！叢林裏的惡魔！滾開！快點滾開，要不然祭司就把你再變回狼去。開槍啊，布爾杜，開槍！」

陶爾牌老火槍砰地響了一聲，一頭小水牛痛得叫了起來。

「又是巫術！」村人大叫。「他能讓子彈拐彎。布爾杜，那是你的牛。」

「這是什麼意思？」莫格立說，摸不著頭腦，扔過來的石頭卻是愈來愈多了。

「你的這些兄弟不是不像狼群，」阿克拉說，他冷靜地坐了下來。「我的意思是如果子彈有什麼含義的話，他們是要趕你走了。」

「狼！狼崽子！滾開！」祭司叫道，手上揮舞著一小枝神聖的羅勒樹的枝條。

「又要趕我嗎？上次因爲我是人，這次又因爲我是狼。我們走吧，阿克拉。」

一個婦人——麥索阿向牛群跑來，哭著說：「噢，我的孩子，我的孩子！他們說你是個巫師，能隨便把自己變成野獸，我不信。不過你還是走吧！要不然他們會殺了你的。布爾杜說你是個巫師，可我知道你是給我的那蘇報了仇。」

「回來，麥索阿！」人群叫道，「回來，要不然我們也向你砸石頭。」

莫格立很難聽地笑了一聲，因爲有一塊石頭正砸到了他的嘴上。「回去吧，麥索阿，他們黃昏的時候盡在樹下講些無聊的故事，這只不過是又一個罷了。至少，我已經替你的兒子報了仇。再見了，快點跑吧，因爲我要把牛趕進去了，比他們的石頭還要快。我不是巫師，麥索阿，再見了！」

「好，再來一次，阿克拉，」他叫道，「把牛群趕進去。」

牛都急著回村，幾乎不用阿克拉用叫聲催促了。他們像旋風一樣刮進村門，把人群撞得七零八落。

「數清楚點！」莫格立輕蔑地叫道。「我可能還偷了一頭牛呢。數清楚點，我以後不再給你們放牛了。再見吧，人類的子孫，你們得感謝麥索阿，因爲她，我才沒有帶著我的狼闖進村子來趕得你們滿街亂跑。」

他轉過身，和孤狼一起走了。他抬起頭來看了看星星，覺得非常幸福。「我不用再睡在陷阱裏啦，阿克拉，我們拿上西里汗的皮走吧！不，我們不去傷害村子，因爲麥索阿對我很好。」

月亮升起來了，照在平原，看起來一切都像在牛乳裏洗過一樣。嚇傻了的村裏人看見莫格立身邊跟著兩隻狼，頭上頂著一個包裹，邁著浪一樣的步子走遠了，狼小跑起來，走上長長的幾英里路就像火捲過去一樣快。人們更起勁地敲起廟裏的大鐘，更起勁地吹響海螺，麥索阿哭了，布爾杜添油加醋地講他在叢林裏的歷險故事，說到後來，阿克拉都用兩條後腿站起來了，還像人一樣說著話。

莫格立和兩隻狼走到會議岩所在的山坡時，月亮剛剛落下去。他們在狼媽媽的洞口停下了。

「他們把我從人群裏趕出來了，媽媽，」莫格立叫道，「不過我是帶著西里汗的皮回來的，我信守了諾言。」狼媽媽費力地從洞裏走出來，身後跟著她的孩子們。看到老虎皮，她的眼睛亮了。

「那天他把頭和肩膀塞到我們的洞裏來，想要吃掉你，小青蛙，我當時就告訴他，捕食別人的，遲早要被別人捕食的，幹得好！」

「小兄弟，幹得好。」一個深沉的聲音從灌木叢裏傳來。「你不在，我們在叢木裏很孤單。」巴格希拉直跑到莫格立的腳邊。他們一起登上會議岩，莫格立把老虎皮鋪在阿克拉從前坐的那塊平石上，用四片薄薄的竹片把它固定住。阿克拉在上面躺了下來，像從前一樣發出了召集開會的叫聲，「看吧，好好看吧，噢，狼們。」那聲調和莫格立第一次被帶到這裏來的時候一模一樣。

自從阿克拉被廢除王位以來，一直是群狼無首，他們隨心所欲地捕食、隨心所欲地打架，可是他們出於習慣還是回答了這叫聲。一些狼掉進過陷阱，還有一些挨過槍子兒，瘸了腿，還有一些因爲吃得不好又瘦又髒又癩，甚至還有很多狼失蹤了。不過所有剩下的狼還是來到了會議岩，他們看見了石頭上斑爛的老虎皮，看見巨大的虎爪在空蕩蕩的虎腳上蕩來蕩去。這時候莫格立唱起了一支歌，一支沒有韻律的歌，那支歌自然而然就湧上了他的喉頭，他大聲唱了出來，在那張沙沙作響的虎皮上跳來跳去，用腳跟打著拍子，一直唱到氣都透不上來了，灰哥哥和阿克拉在他的歌詞之間吼叫著。

「好好看吧，噢，狼們！我有沒有信守諾言！」莫格立唱完了問。

狼群長嚎說：「信守了。」

一隻癩皮狼叫道：「回來領導我們吧，噢，阿克拉，回來領導我們吧，噢，人娃娃。這種沒有秩序的日子我們厭倦了。我們還想做自由的獸民。」

「不，」巴格希拉柔聲說，「那不行，你們一旦吃飽了肚子就又會發瘋的。稱你們爲自由民可不是無緣無故的。你們爲自由戰鬥過，自由就屬於你們了。好好享用吧，狼們。」
「人群和狼群都把我趕出去了，」莫格立說。「那麼我就一個人在叢林裏打獵了。」
「我們和你在一起。」四個狼兄弟說。
於是莫格立離開那裏，從那天起就和四個狼兄弟一起打獵了。可是他並沒有一直孤獨下去，因爲幾年以後，他長大了，還結了婚。
可那是大人的故事啦！

莫格立的歌
──他在會議岩上西里汗的皮上跳舞時唱的歌

莫格立的歌──我，莫格立，在唱歌。讓叢林聽聽我的業績吧！
西里汗說他要殺人──要殺人！黃昏時分在村口，他要殺青蛙莫格立！
他吃飽了。喝足了。多喝點吧，西里汗，因為你下次什麼時候才能再喝水呢？
睡吧，做個殺我的夢。
我獨自在草地上放牛。灰哥哥，來啊！來啊，孤狼！前面有一頭大的獵物。
把那些龐大的公牛趕到這裏來，那些藍色的、雙眼噴著怒火的公牛。

聽我的命令趕著他們前後奔走。

你還在睡嗎，西里汗！醒醒吧，噢，醒醒吧！我來了，身後跟著牛群。

水牛王拉瑪跺了跺腳，韋恩根格的河水啊，西里汗到哪裏去了？

他不是依基不會挖地洞，也不是孔雀瑪奧不會飛，

他不是蝙蝠芒不會掛在枝頭。一起斷裂的幼竹啊，告訴我他去哪兒了。

啊！他在那兒呢！啊哈！他在那兒。拉瑪的腳下躺著那個瘸子！

起來，西里汗！起來殺我呀！這裏有食物，來咬斷公牛的脖子！

噓！他睡著了。我們不要吵醒他，他的力氣可大了。

禿鷲們衝下來了，黑螞蟻爬出來了。為了他很多人聚集在這裏。

啊啦啦！我沒有衣服來裹住我的身體。禿鷲能看出我沒穿衣服。

我不好意思見這些人。

把你的衣服借給我吧，西里汗，借給我你華麗的斑爛的衣服，好讓我去會議岩。

以買我性命的那頭公牛的名義起誓，我立下個小小的誓言。

要實現我的誓言就只差你的衣服了。

拿著刀——拿著人類用的刀——用獵人的刀，人類的刀，我將俯身去取我的禮

物。

韋恩根格的河水呀，請為我作證，為了報答對我的深情厚意，西里汗把他的皮送給了我。拽！灰哥哥！拽啊，阿克拉！西里汗的皮很沉很沉。

人群生氣了。他們向我扔石頭，還說些很愚蠢的話。我的嘴巴出血了，我們走吧。

穿過黑夜，穿過悶熱的黑夜，兄弟們和我一起快點跑吧。

我們要離開村子的燈光，跑向低懸的月亮。

韋恩根格的河水啊，人群把我趕出來了。我沒有傷害他們，可是他們怕我，為什麼？

狼群啊，你們也把我趕出去了。叢林不再對我開放，村子的大門也對我關上，為什麼？

就像芒花在野獸和鳥類之間飛，我在村落和叢林之間飛，為什麼？

我在西里汗的皮上跳舞，可是我的心裏很沉重。

我的嘴給村人的石頭砸傷了，可是我的心因為回到叢林而輕輕鬆鬆，為什麼？

這兩樣東西在我心裏打來打去，就像春天裏蛇在爭鬥。

我的眼裏流出了淚水，可是我笑著讓它流出，為什麼？
我是兩個莫格立，不過，西里汗的皮在我腳下。
整個叢林都知道我殺了西里汗。看吧——好好看吧，噢，狼們！
唉！我不能懂的事情弄得我的心很沉重。

（許宏／譯）

風雲動物文學

白海豹

作者　魯迪亞德・吉卜林
譯者　陳榮東／等譯
出版者　風雲時代出版股份有限公司
出版所　風雲時代出版股份有限公司
地址　105台北市民生東路五段一七八號七樓之三
網址　http://www.books.com.tw
電子信箱　h7560949@ms15.hinet.net
服務專線　（○二）二七五六—○九四九
傳真　（○二）二七六五—三七九九
郵撥帳號　一二○四三二九一
執行主編　劉宇青
封面設計　蕭麗恩
法律顧問　永然法律事務所　李永然律師
　　　　　北辰著作權事務所　蕭雄淋律師
版權授權　林郁工作室
出版日期　二○○七年九月初版
定價　新台幣一九九元
總經銷　成信文化事業股份有限公司
地址　台北縣新店市中正路四維巷二弄二號四樓
電話　（○二）二二一九—二○八○

行政院新聞局局版台業字第三五九五號
營利事業統一編號二二七五九九三五

國家圖書館出版品預行編目資料

白海豹／魯迪亞德・吉卜林 作 . -- 初版. -- 臺北市
：風雲時代, 2007.08
面；公分

ISBN-13: 978-986-146-384-1 (平裝)

873.59　　　　96012724

The White Seal